サッカーデイズ

はらだみずき

サッカーデイズ

1

勇翔《ゆうと》の所属するFCバンビーノ、小学三年生チームが出場したのは、年明け最初の公式戦となる五人制のミニサッカー大会。会場である市民体育館は参加した大勢の子供とコーチ、観戦する保護者らサポーターの熱気に満ちていた。

第一試合、残り時間一分。山本コーチにポンと背中を押されて、勇翔が出場した。

ピッチサイドに立った父、草野《くさの》拓也《たくや》の心臓の鼓動が一気に高鳴った。

試合再開の直後、味方ボールでのコーナーキックのチャンス。ゴール前に蹴《け》り込まれたボールをチームメイトがシュート。惜しくもバーに当たり、はね返ったボールが勇翔の足もとに転がってきた——。

そのとき、拓也の目にはすべてが止まって見えた。耳は真空となって、あたりは静寂に包まれる。そして、すべてがスローモーションで動き出した。

勇翔が左足で踏み込み、ぎこちなく右足を振る。

まさにその瞬間、ビデオカメラを手にした背の高い男が拓也のすぐ前を横切って、視界を塞《ふさ》いだ。

——え、ボールは？

歓声がわく。

子供たちが動きまわる。

拓也の泳ぐ目が次にボールをとらえたのは、四角い枠のネットの内側だった。

審判がゴールを認める笛を吹いた。

「よしっ！」

拓也は思わず両手を握りしめた。

ピッチのなか、勇翔はチームメイトに囲まれ、笑っている。

勇翔のシュートが、どのようにして決まったのか定かではなかった。角度からいって、キーパーの股間《こかん》を抜けて入ったようにも思えた。しかしともかく、ゴールはゴールだ。だれがなんと言おうと。

——いいぞ、勇翔！

声をかけたい衝動に駆られたが、ぐっとこらえた。

ビデオカメラを持ってうろうろしていた長身の男は、同じチームのフォワード、青芝将吾《あおしばしょうご》の父親だった。他人の迷惑などまるで顧みず、最前列に立ち、ビデオを撮り続けている。息子の決定的瞬間を見逃した拓也は、その背中に向かって小さく舌打ちをした。

チームは勇翔のダメ押しゴールを含め、4対0で快勝した。

幸先《さいさき》よく一試合目にゴールを決めた勇翔だったが、二試合目はずっとベンチ。試合は2対2の引き分けに終わった。

なぜ勇翔を出さないいんだ。

拓也は静かに憤《いきどお》った。

三試合目は、決勝トーナメント進出を賭《か》けた大切な試合。またもや勇翔の出番はなし。どうなってるんだ。不満と共に、疑問がわく。しかしチームは勝ち切り、二勝一分けで決勝トーナメントに進んだ。

勇翔はその後もベンチに座り続けた。同じく試合に出られない仲良しのツバサと楽しそうに笑っていた。そんなお客様状態の息子の姿に、拓也は苛立《いらだ》ちを募らせた。

最終的には一試合十分のミニゲームを五試合戦って、チームは三十二チーム中第三位。銅メダルに輝いた。勇翔の出場は、最初の試合のみ。出場時間は一分。チームのトータル試合時間五十分の内、たったの一分だけ——。

拓也はやり場のない怒りを覚えた。

「草野さん」

準決勝敗退後、チームメイトの保護者に声をかけられた。

「〝銅〟でしたけど、遂《つい》にメダルですね」

キャプテンとして全試合に出場した大介《だいすけ》のお父さんだ。

「ええ、ほんとに……」

咄嗟《とっさ》に笑顔をつくろうとしたが、拓也の顔はどうにもこわばってしかたなかった。とても素直に喜べる心境ではない。

表彰式まではしばらく時間があった。チームの子供たちは、試合会場への送迎をする〝車出し〟を引き受けた保護者のマイカーに乗って、クラブのホームグラウンドである地元の小学校まで帰ってくる手筈《てはず》になっていた。

拓也はひとあし先に会場をあとにした。息子が一分しか出場できなかった大会の表彰式なんて見たくもない。

大会の試合会場からの帰り道、夕暮れの国道で渋滞に巻き込まれた。車のハンドルを握った拓也は深くため息をつき、連なる赤いテールランプを見つめ、何度も首を振った。縦にではなく、横に。

ブレーキに載せた右足をアクセルに移す。すぐにまたブレーキを踏む。なかなか前へ進めない。

このところ会社の休日出勤が続き、趣味である海釣りどころか、子供たちと一緒に過ごす時間すら限られていた。土曜日の今日、ようやく休みがとれ、勇翔のサッカーを見にきた。ひさしぶりの大会。だからこそ期待した。どれくらいうまくなったのか、楽しみにしていたのに。

——このままでは駄目だ。

心のなかでつぶやいた。

たった一分のために、往復二時間かけて車を走らせ、駐車場代を払い、貴重な休日を潰《つぶ》したかと思うと虚《むな》しさがこみ上げた。こんなことなら、それこそ海釣りにでも行けばよかった。今は寒く、めぼしい魚が釣れる時季ではない。それでも息子の出ない試合を見続けるくらいなら、寒風吹きすさぶ防波堤の突端で、波しぶきを浴びながら釣り糸を垂らしているほうが、よほど精神衛生上よかったはずだ。

「まったく、なんてこった……」

声に出して拓也は宙《ちゅう》をにらんだ。

勇翔はこの春、四年生になる。

——なんとかしなくては……。

家に帰ってきた勇翔は、夕食の準備をする妻の聡子《さとこ》に銅メダルを見せびらかしていた。なにも知らない聡子は、大袈裟《おおげさ》にほめ、一緒になって喜んでいる。拓也は、はしゃぐ二人に苛立ちを覚えながら、ダイニング・テーブルの椅子《いす》に腰かけ、夕刊を読むふりをしていた。

聡子はまったくのスポーツ音痴で、サッカーに関してはオフサイドのルールすらわかっていない。ゴールを決める役割のフォワードと、ゴールを守る役割のディフェンダーの区別もおそらくつかない。けれど、子供のスポーツに無関心かというとそうではなく、拓也より勇翔のサッカーを気にかけていた。

今日は拓也が勇翔の試合を見に行き、聡子は五年生の娘の恵里《えり》に付き合って買い物に出かけた。帰宅後、聡子は小学校まで勇翔を迎えに出たため、拓也は試合の詳しい話をしていなかった。

キッチンで、なにやら二人でコソコソ話をしたあと、勇翔が拓也のところへやって来た。

「今日は見に来てくれたんでしょ」

胸のメダルをいじりながら、うれしそうだ。

「ああ、行ったよ」

「これ、もらった」

「へえー、よかったな」

拓也はちらりとメダルを見ただけで、すぐに視線を新聞にもどした。それ以上はわざと聞こうとしなかった。

「ねえ、お願いがあるんだけど」

「なんだ？」

「明日、クラブの練習お休みだから、〝打ち上げ〟に行ってもいいかな？」

勇翔はからだをもじもじさせた。

「打ち上げ？」

「そう」

「なんだよ、それ？」

「大会三位の打ち上げ。マックでやろうって、大介たちに誘われたの」

最近の子供は、なにかというと大人のマネをしたがる。どうも一部の大人が、陰でそれを奨励しているような気がしてならない。〝打ち上げ〟なんて、小学生の使う言葉ではないはずだ。

拓也はため息のあとで口を開いた。「いいか、勇翔、おまえさ――」

話をはじめようとしたら、「さあ、ご飯の前に二人でお風呂《ふろ》入っちゃって」と聡子の声が飛んできた。

「はーい」と勇翔は返事をした。

間の悪さに目を閉じて、怒りを鎮《しず》めた。

気をとり直して拓也がバスルームへ向かうと、脱衣所の洗濯機の前で白いパンツ姿の勇翔が踊るようにしてふらついていた。なにをしているかと思えば、ピタッとしたアンダーシャツが首から抜けず手足をバタつかせている。

——こいつはどうも頼りない。

拓也はシャツの袖《そで》をつかみ、ぐいっと上に引っ張った。

「イテテテッ」と勇翔が声を上げ、伸びたシャツが首からスポンと抜けた。よろけた拍子に尻餅《しりもち》をつき、洗面台の前にしゃがみ込む。

「ははっ、死ぬかと思った。ありがと」

顔を上気させ、口を半開きにしたまま頬をゆるめた。

拓也はなにも言わず先に風呂に入った。自分が不機嫌であることを精一杯背中で示したつもりだ。なぜ父親の機嫌が悪いのか、早く気づいてもらいたかった。

中古で購入したマンションのバスルームは入居前にリフォームした。家族にとってバスルームはとても大切な場所だと聡子がこだわったからだ。湯沸かし器はスイッチひとつで温度も湯量も設定できる。ツルツルのバスタブは、拓也と勇翔が二人一緒に入れるくらい大きい。アイボリーで統一された新しいバスルームは、とても気持ちがいい。

足が互いちがいになるようにしてバスタブでからだをのばせば、自然と顔を向き合わせるかっこうになる。勇翔はなにも気づかずに笑っている。その笑顔は無垢《むく》でまぶしい。拓也がわざとにらむと、まるい顔に浮かんだ笑みがしぼむように引っ込んだ。

「おまえ、身長いくつになった？」

「ええと、こないだ学校で測ったとき、百三十五センチだった」

「体重は？」

「二十八キロ」

「それって、どうなの？」

「え？」

「おまえの学年としては、身長が高いのか低いのか？」

「低くはないと思う。背の順で並んだとき、クラスでまんなかより後ろだもん」

「フツーってことか」

「うん、そうだね」

勇翔のこたえに、「フツーで満足してんなよ」と拓也は言いたくなった。

拓也にしてみれば、勇翔は小さく、ずいぶんと痩《や》せているように見える。というより、まだ幼さが消えない。チンチンだって、とても小さい。

そんな勇翔に今日の反省を求めたところで、無駄かもしれない。せっかく銅メダルをもらって喜んでいるのだから、黙っていようか。そんな考えが一瞬頭をよぎった。

――いや、それじゃあ、なにも変わらない。

だれかが言ってやらないと。言ってやれるのは、父親である自分しかいない。

「それで、今日の大会、どうだった？」

拓也は声のトーンをわざと落としてみた。

勇翔は少し考えてから、「まあまあかな」とこたえた。

「まあまあ、か？」

視線を合わせると、「そりゃあ、もっと試合に出たかったけど……」と言葉を詰まらせた。

「出たかったけど、なんだ？」

勇翔はこたえず、バツの悪そうな顔になる。

自分でも気づいているのだ。だったらなんであんなに喜んだりするのだろう。そういうのを、素直と呼ぶのだろうか。拓也にはよくわからなかった。

「おまえ、今日、何試合出たんだ？」

「一試合」

「一試合？　ほんとにそうか？」

黙ったままうなずく。

「よく考えてみろよ。一試合じゃないだろ。一試合の残り一分から出ただけだぞ。試合時間十分の内のたった一分だぞ。ぜんぜん一試合じゃない。ごまかすな」

「――はい」

神妙な顔で返事をした。

勇翔は、拓也が怒ると急にあらたまった態度になる。いつものことだ。そこらへんは賢いのか、単純なのか判断がつかない。でもだれに似たのか、気が小さいことだけはたしかだ。

「それで、おまえとしてはどうだった？」

「１ゴールした」

誇らしそうに顔を上げた。

「ああ、たしかにな。見事な〝ごっつぁんゴール〟だったよ」

拓也はわざと意地悪をした。

「え？」

「ちゃんと父さん見てたぞ。要するにさ、味方のおかげのゴールってこと」

「でもあれは……」

なにか言いたげに口をとがらせた。

たしかに、いいところにポジションをとっていたからかもしれない。だからこそシュートすることができた。でも、その程度で満足してほしくなかった。

「試合は3対0だったよな。チームの勝利はもう決まってた。そこからおまえは出させてもらったんだ。たった一分だぞ、たった……」

拓也の手がお湯を叩《たた》き、水しぶきが上がった。

勇翔はのけぞり、後ろにある水道の蛇口に後頭部をかるくぶつけ、「イテッ」と顔をしかめた。前髪にかかったお湯が、水滴となって垂れる。

「――今日、三位だったよな」

「うん」

「たしかにおまえは銅メダルをもらった。どう思った？」

「コーチは、メダルはみんなでとったものだって……」

「コーチの話なんて聞いてない。おまえの気持ちが聞きたいんだ」

「ぼくは……」

「いいか、勇翔。チームで戦った試合時間は合計五十分あった。その内、おまえは一分しか出られなかった。つまり、おまえがもらった銅メダルは、五十分の一メダルなんだぞ」

語気を強めると、勇翔はうつむいた。

「どうして試合に出られないと思う？」

拓也は質問を続けた。「おまえとしては、どう思ってるんだ？」

「……くやしい」

　上目遣いでこたえた目には、涙がたまっている。

「どうして？」

「もっと出たかった」

「ほんとにそうか？　父さんには、そうは見えなかったぞ。おまえはツバサと一緒にベンチでへらへら笑ってたじゃないか」

　勇翔の右目から涙がこぼれた。左目からも――。

　拓也はその涙に一瞬ひるんだ。

「おまえ、自分がチームで何番目の選手だと思ってる？」

　少し穏やかな声音に変えて尋ねた。

「え？」

「正直にこたえろ」

「――だいたい、五番目くらい、かな？」

　勇翔は唇をとがらせ首をひねった。

「なんだって？」

　驚いて勇翔を見たら、きょとんとしている。チームで五番目の選手が、どうして一分しか出られないんだよ――そう言おうとして、拓也ははっとした。

考えてみれば、今日、勇翔は試合に一分しか出ていない。プレーの良し悪《あ》しまではわからなかった。その一分のあいだに〝ごっつぁんゴール〟にしろ、結果を残した。

「あたま、洗え」

「はい」

勇翔はバスタブから足を抜き、湯から上がった。湯桶《ゆおけ》でお湯をすくおうとした両手がぷるぷる震え、半分こぼしてしまった。なんとも非力だ。子供用の低い椅子に腰を落ち着かせると、お湯を自分の頭にかけ、シャンプーの容器を手探りでさがしている。

「なあ、ひとつ教えてくれ」

拓也は尋ねた。「今日のおまえのシュート。あれって、もしかしてキーパーの股《また》のあいだを狙《ねら》ったのか？」

勇翔は一瞬動きを止めたあと、「わかった？」と排水口に向かって言った。

――そうだったのか……。

拓也の勇翔に対する評価が揺れた。

もしかしたら勇翔の言うことは、あながちまちがってはいないのかもしれない。与えられた一分でゴールを決めるなんて、なにかを持っている。そう考えることもできる。

それじゃあ、なぜ一分しか出られなかったのだろう。

もしかすると選手が十二人もいるため、コーチがうっかり忘れてしまったのではないか。三年生を担当している山本コーチはおっちょこちょいだと、聡子から聞いたことがある。以前、試合会場を誤って親たちに伝えてしまうという失態を演じたらしい。幸い練習試合だったため、大きな問題にはならずにすんだのだが。

拓也は正直よくわからなくなった。

シャンプーで髪を洗いはじめた手つきが、あまりにもぎこちない。そういえば学校などでアタマジラミがうつるリスクもあるから、ときどき洗うのを手伝うように聡子から言われていた。拓也はバスタブから手をのばし、途中から手伝ってやった。

「――ありがと」

勇翔の声が湿っていた。

「いいよ、気にするな。それで、明日はどうするつもりだ？」

拓也が静かに問うと、勇翔は小さな声で「サッカー、練習する」とこたえた。


「寝たか？」

午後九時半過ぎ、勇翔を寝かしつけ、リビングにもどって来た聡子に声をかけた。拓也は息子について二人で話をしておきたかった。

バスルームでさんざん言われたせいか、夕食の際、勇翔は大会の話を自分からしようとはしなかった。「メダル見せてよ」と姉の恵里にせがまれると、「ゴメン、もうしまっちゃった」とかわした。

「あいつ、どうなんだろうな。わかってないんじゃないかな？」

「なにが？」

「なんていうか、自分の立場っていうのかな」

「立場？」

「だから、今のチームにおける、立ち位置だよ」

「うーん、どうかなぁ」

反応はあくまで鈍かった。

「なあ、おまえは親として悔しくないの？　今日の試合、五十分の内、あいつはたった一分しか出られなかったんだぞ。それでメダルをもらって、喜んでる場合か？」

「そうだったんだ……」

事情を知った聡子は口をつぐんだあと、気を取り直したように続けた。「でもさ、今日の大会は五人制のミニゲームだよね。ゴールキーパー以外で出られるのは四人。勇翔のチームには、十二人の選手がいる。試合にちょっとしか出られなかったのは、勇翔だけじゃなかったはずだよ」

「まあな。大会だし、コーチも勝ちにいったんだろうな。点差が広がらない限り、うまいやつしか出場できない。そういえばツバサのやつなんて、かわいそうに一度もピッチに立てなかった。勇翔と一緒にベンチで笑ってたけど」

「でしょ。出られただけでも、よかったじゃない」

「だとしても、一分は短すぎだろ、それに一番下と比べてどうすんだよ」

「そっか」

「そっかじゃないよ」

拓也は顔をしかめてみせた。「恵里と比べると、勇翔はどうも動きが鈍いんだよな」

「お姉ちゃんは運動神経いいからね」

「子供ってさ、女の子は父親に似て、男の子は母親に似るのかな？」

「そんなことないよ。こないだだって、勇翔君ってお父さんにそっくりねって、千夏《ちなつ》ちゃんのママが言ってたよ」

「おれが子供のときは、もっと運動できたぞ。おまえに似たせいだろ」

「ねえ、そういうこと、子供の前で言わないでね」

聡子が真顔になった。

「言うわけないだろ」

洗濯物を畳みながら「今日はだれが見に来たの？」と聡子が話題を変えた。

「いつものメンバーだよ。キャプテンの大介のパパとママ。銀河《ぎんが》ママ、聖也《せいや》パパ、千夏ママ。それと、将吾の親父《おやじ》。みんな、子供がうまいからな。おれはその人たちとは少し離れた場所で見てた。肩身がすごく狭かった」

「将吾のお父さんって、えらく熱心だよね」

「ああ、今日も夢中になって前のほうでビデオ撮影してた。おかげで勇翔のゴールシーンを見逃した。まったく迷惑な親父だよ」

「勇翔、ゴール決めたんだ」

「決めたっていっても、転がってきたボールを単に押し込んだだけ。あいつにも言ったけど、〝ごっつぁんゴール〟だからな。将吾が一番ゴールを決めたはず。勇翔のゴールも、将吾のシュートのこぼれ球からだった。あの子はウチのチームでは抜けた存在だな。ゴール前でも憎らしいくらいに落ち着いてる。親父は体格いいし、なにかスポーツやってたんじゃないか」

「サッカーって話だよ。ウチのチームでは、将吾と大介とウチのパパがサッカー経験者」

「おいおい、あんまりそういうこと、ぺらぺら話すなよ」

「いいじゃない。ほんとのことなんだから」

「将吾も大介もチームの主力だからいいけどさ……」

「出られない子の親って、試合を見に来ないんだよね」

聡子の声が沈んだ。

「そりゃあ、そうだろ。子供が試合に出られなきゃ、親としてはいたたまれない。その気持ち、おれにはじゅうぶん理解できる」

拓也は立ち上がり、冷蔵庫から缶ビールを取り出した。

「でも、なんかちがう気がするんだよなぁ」

聡子がつぶやいた。

「なにが？」

「ニワトリが先か、卵が先かって言うじゃない。あれと同じでさ。子供がうまいから親が熱心になるのか、親が熱心だから子供がうまくなるのか、みたいな」

「うまい子は、ほっといたってうまいさ」

「でも、それって天才ってことでしょ？　そんな子はごくわずかでしょ。親が熱心だと、子供もがんばっちゃうのかな」

そう言われると、拓也は責任を感じてしまう。勇翔にサッカーを勧めたのは、もとはといえば拓也だ。けれど勇翔のサッカーに積極的に関わってきたとまでは言えなかった。

「それにさ、今日試合に出られなかったツバサだけど、パパやママが応援に来てたら、どうだったかな。山本コーチも、さすがに出さないわけには、いかなかったんじゃない」

「──なるほどね」

拓也はそれほど飲みたくもないビールを口にした。

「勇翔もこの春から四年生でしょ。ますますチーム内での競争も激しくなってくると思うんだよね」

「まあ、でも今日のはミニサッカー、ほんとのサッカーは十一人でやるもんだからな」

「あれ、パパ知らないの。小学生のサッカーは、八人制の試合も多くなってきてるんだよ」

「八人制？」

だとすれば、ゴールキーパー以外でピッチに立てるのは七人ということになる。

「それにさ、四月から新しい子が入ってくるかもしれないでしょ」

「いくらなんでも、四年生からはじめるやつに、勇翔も負けないだろ」

拓也は一笑に付そうとした。

「ちがうって、ほかのチームから移ってくるんだよ」

「え、移籍って話か？」

「よそのチームから、レギュラーをとれそうな子がね。実際、そういう噂《うわさ》もあるんだって」

いつのまにか拓也より聡子のほうが子供のサッカーに詳しくなっていた。拓也はチームの保護者の輪には、もうひとつ入り込めずにいた。聡子はチームメイトのママさんたちとメールを交わし合う仲だ。たまにある親睦会《しんぼくかい》と称する飲み会にも顔を出している。父親同士でも仲のよさそうな人たちはいる。もちろん、顔をまったく出さない親もいるわけだが。

「勇翔のサッカー、来週も見にいくかな」

あまり考えず、拓也はつぶやいた。

「そうしてあげてよ。私は今日みたいに恵里に付き合ってあげたいし。試合のときは、チームの〝車出し〟とかにも協力しないとね。それが勇翔のためにもなると思うんだよね」

「まあ、そうかもな」

とにかく、勇翔のやつをなんとかしなければ。拓也は焦《あせ》りを感じた。それには勇翔の実力がどれほどのものなのか、まずはたしかめる必要がありそうだ。

＊

——そろそろ、子供になにかスポーツをやらせよう。

拓也が思い立ったのは、勇翔が小学校に入学したときだ。そのとき、拓也は三十七歳で、運動不足気味だった。

「いそぐことはないんじゃない」と聡子は慎重だった。

「いや、スポーツはやらせるよ」

拓也は自分の考えをはっきり口にした。いつもなら同じ歳《とし》の妻の意見に耳を傾けるが、このときばかりは譲るつもりはなかった。

もともと聡子は文化系の人間で、これといったスポーツ経験がなく、自分で運動音痴だと言って憚《はばか》らない。反対に拓也は、子供の頃は運動くらいしか自慢できるものはなかった。

「なにをやらせるかなぁ」

拓也がつぶやくと、「やらせるっていうのは、どうなのかな」と聡子が口を挟んだ。

聡子の言い分はわかっていた。子供はやりたいことをやるべきで、親が押しつけたりするのはよろしくない。子供自身に選ばせるべきだ、という考え方だ。

「そういうやり方でさ、恵里はどうだった？」

拓也はその件を持ち出した。当時、三年生になった長女の恵里は、特定のスポーツをやっていなかった。

保育園での恵里は、運動会のかけっこではいつも一等賞。男の子に混じっての外遊びが大好き。雲梯《うんてい》が得意で、保育園のでは飽きたらず、近くの小学校の校庭にあるもっと難易度の高い雲梯にまで手を出し、しかも軽々と渡ってみせた。保護者のあいだでは活発な女の子として評判だった。拓也から見ても運動能力の非凡さを感じた。だからこそ早めになにかスポーツをはじめればいいのに、と見守っていた。

地元には子供向けのスポーツ団体がいくつもある。女の子なら、スイミング、バレーボール、バスケット、テニス、ダンスをやる子が多い。小学校に入学した恵里は、少なからず興味を示していた。

そんな恵里に、「自分でやりたいことを見つけなさい」と聡子は言い続けた。恵里はいくつかの団体の見学に行ったりもしたようだが、三年生になってもなにもはじめなかった。

それは早いうちに踏ん切りをつけなかったせいだと拓也は見ていた。踏ん切りをつけずに時間が過ぎていけば、いろんな意味で子にも親にも運動クラブの敷居は高くなっていく。多くの子は低学年からはじめるため、あとから入った子は後れをとるかっこうになってしまう。時間が経《た》てばたつほどその差は開き、チームスポーツであればチームにおける個々の役割や人間関係なども次第に固まってくる。

躊躇《ちゅうちょ》している恵里に「やりたくなければ、無理にやらなくてもいいんだよ」と聡子はやさしく声をかけた。

　女の子なのだし、それでいいのかと拓也は思った。なにもスポーツだけが大切なわけじゃない。男親にとって、女の子はある意味で未知だ。男兄弟で育った拓也にとっては、なおさらだった。だから恵里に強く求めることができなかった。

　今考えてみれば、子供に委《ゆだ》ねすぎたような気がした。スイミング、バレーボール、バスケット、テニス、ダンス。どれをとっても恵里には身近とは言えない。やりたいと自分から言えるまでのきっかけは、訪れなかった。

　やりたいことを子供に自分で見つけさせるというのは、自由を与えているようで、選択や決断する能力に乏しい段階では、かえって難題を押しつけることになった気がした。自分で選んだという責任も、そこには生じるわけだし。

　そんな恵里を見ていて、勇翔には早い段階でスポーツをやらせようと拓也は考えていた。

「なにがいいかなぁ」と拓也はつぶやいてみせたが、競技種目はすでに決めていた。

　――それは、サッカー。

　拓也自身、中学、高校とサッカー部で過ごした。その経験も少しは役立つような気がした。

　気持ちよく晴れたその日、拓也は公園で小学一年生の勇翔とサッカーボールを蹴り合った。

勇翔はへたくそながら、楽しそうにボールを追いかけていた。

「なあ、勇翔」

「なあに？」

「おまえ、サッカー好きか？」

拓也が問うと、笑いながら「うん！」と言ってシューズのつま先でボールを蹴った。

ボールはまったくあさってのほうへ転がっていった。

――どこに蹴ってんだよ。

思いながらも拓也は文句を言わず、ボールを取りに走った。

しばらくボールを蹴り合ったあと、拓也は声をかけた。「サッカーは試合が一番面白いぞ。やってみたくないか？」

「やりたい」

勇翔はこくんとうなずいた。

「そうか、じゃあチームに入るか？」

「え？」という顔をしてから、勇翔は人差し指で自分の頬っぺを押し、「入ろうかなぁ」とつぶやいた。

「よし、決まりだ！」

拓也が差し出した手のひらを、勇翔が小さな手でパチンと叩いた。

そのタイミングを拓也は逃さなかった。

勇翔は姉の恵里ほど運動が得意ではないと、拓也にはわかっていた。だから余計に早くスポーツをはじめさせたかった。

「サッカーか。まあ、男の子だし、やる気があるなら、やればいいよ」

聡子は勇翔の希望ならばと聞き入れた。

＊

屈辱のミニサッカー大会から一週間後の土曜日、休日出勤をなんとか回避した拓也は、FCバンビーノのホームグラウンド、茜台西《あかねだいにし》小学校の校庭にいた。といっても、堂々とコーチの近くで、ほかの保護者たちと一緒にいたわけではない。黄葉した葉をすっかり落とした銀杏《いちょう》の大木に、身を隠すようにしてひとりグラウンドを眺めていた。

寒さのせいか保護者の姿はまばらだ。白のグラウンドコートを着込んだ将吾のお父さんが三脚を立て、ピッチの反対側からビデオ撮影をしている姿がやけに目立っていたが、本人はまるで気にしていない様子だ。

拓也はそろそろ引き上げようと思っていた。革ジャンを着ていたが、ジーンズの腰の辺りの寒気がかなりきつくなってきた。こんなことなら、出がけに聡子が渡そうとした使い捨てカイロを貼《は》ってくればよかったと後悔した。

この日、三年生チームには十一人制の練習試合が組まれ、二十分間のゲームをすでに三本消化していた。チームのメンバーはひとりも休むことなく十二人が参加していたから、試合に出られないのは、ひとり。ベンチに座ったのは一本目がツバサ、二本目が勇翔、三本目がミツルだった。勇翔は出場した二本ともポジションはサイドバック。霜が溶け出してぬかるんだピッチに足を取られながらプレーしていた。吐く息は白く、立ち止まると寒いのか、ときおり両肩を抱くようにした。

——もっと走れよ。

拓也はそう声をかけたくなった。

保護者のなかには、ピッチに立つ自分の子供に声をかける者もいる。チームの主力組の親たちだ。人目を気にせずそうできることがうらやましかった。

出場機会から考えれば、勇翔は十二人中十一番目の選手と言うことができる。女子の千夏にも負けているわけだ。千夏は小柄ながら、それなりに足もとの技術を持っているし、声も出ていた。

「ゆうと、しっかり!」などと千夏に叫ばれると、親ながらはっとさせられる。

試合はとてもわかりやすかった。基本はいわゆる〝だんごサッカー〟。ボールがあるところに、両チームの選手たちが団子状に集まってしまう。子供たちは夢中になればなるほど顔を上げることができない。だから周りの空いているスペースを有効に使えない。

明るいイエローのユニフォームのバンビーノの選手は、ボールを持ったら自らドリブルで仕掛けていく。敵にボールを奪われたら、奪い返しにいく。ボールを奪い返したら、再び自分でドリブルで仕掛ける。その繰り返し。パスという概念はチームに浸透していない。むしろドリブルで仕掛けていく気持ちや個人技術が、チームでは重視されている気がした。

そんななかで、勇翔は完全に浮いていた。

ボールを自分のものにするには、敵から奪い取るしかない。けれど勇翔は自分のポジションを意識してなのか、ボールを深追いしない。だから、なかなかボールに近づくことができない。バンビーノが攻め込んでいるせいもあるが、勇翔はサイドにぽつんと立っている場面が多かった。チームの主力選手であるキャプテンの大介やフォワードの将吾、テクニシャンの左利《き》きの銀河が目立つばかり。将吾はすでに3ゴールを決めていた。

勇翔の実力は、またしても判然としなかった。ただ、コーチの評価だけは、これではっきりした。ツバサと同じく、勇翔やミツルは、ほかの子より一本少ない出場なわけで、この三人は現状ではレギュラーとはいえない。もちろん、まだ三年生。伸びしろはじゅうぶんにある。しかし自分がそういう立場にあることを、勇翔はおそらくわかっていない。

勇翔について一番感じたのは、積極性のなさだ。たとえ〝だんごサッカー〟だろうと、その中心にあるボールにアプローチする気持ちが足りない。もちろん基本的な技術にも課題はあろうが、それ以前に戦う姿勢がほとんど感じられなかった。

拓也の胸に素朴な疑問がわいた。今の勇翔にとって、サッカーとはどういう対象なのか。本当にサッカーがやりたいのか。そのことを一度はっきりさせるべきだと思った。勇翔自身がサッカーにあまり重きを置いていないなら、それこそしかたのない話だ。やる気がないのであれば、別の道へ進む方法だってある。


夕方、拓也は練習試合から帰った勇翔と一緒に風呂に入り、さっそく尋ねてみることにした。コミュニケーションをとるには、二人だけになれるバスルームは格好の場所といえた。

泥のはねたユニフォームを洗濯機に放り込み、「さぶい、さぶい」と身を縮めながら勇翔がバスルームに入ってきた。

ひとりで温まらせてやろうと、拓也はバスタブから出て髪の毛を洗い出した。

「はぁー、あったまるなぁ」

勇翔はバスタブでからだをのばして、年寄りじみたせりふを吐いた。

シャンプーをしながら、「練習試合、どうだった？」と話しかけた。

「今日は結構出れたよ」

「知ってる」

「あれ、父さん、見に来てたの？」

どうやら勇翔は気づいていなかったらしい。もっとも拓也は隠れるようにして試合を見ていたし、途中で帰ったから無理もなかった。

「ああ、三本目の試合までな」

勇翔は「そっか」と言ったあと、「今日は、まあまあかな」とこたえた。

「まあまあって、どんな感じ？」

「ミスはそんなになかったけど、ボールにあんまりさわれなかった」

自分でもそのことはわかっているようだ。

「サイドバック、やってたよな」

「うん」

「ポジションって、だれが決めるの？」

「山本コーチ」

「今日は全部で何本やった？」

「ええと、五本」

「そのうち何本出た？」

「四本」

「そうか、まずまず出たんだな」

拓也はシャンプーの泡をシャワーで洗い流し、両手で髪を後ろに撫《な》でつけた。もう少しグラウンドに残ればよかったと後悔していた。

「最後の試合はね、センターバックをやった」

その言葉を聞き、完全なディフェンス要員というわけか、とがっかりした。でもそのことには触れず、拓也はからだを洗いはじめた。

サッカーでは、サイドバックにしろセンターバックにしろ、とても大切なポジションにはちがいない。だけど親としては、自分の子供には花形のように映る攻撃を担《にな》うポジションをやってもらいたくなる。サッカー経験のある拓也にしても、それは同じだった。

「それで、今日よかったところと、駄目だったところは？」

「ん～」と唸《うな》った勇翔は考え込んでしまった。

「たとえば、なにができた？」

「そうだ、一回だけ相手のボールを取ったよ」

勇翔の顔がほころんだ。

「そうか。奪ってから、どうした？」

「すぐに取られちゃった」

「なんだよそれ。取り切らないと意味がないだろ」

「そうだけど」

声が小さくなる。

「ほかには？」

「ん～」とまた考え込んだ。

「じゃあ、あまりよくなかったところは？」

その問いにも勇翔はこたえられなかった。自分のプレーの評価すら、まだうまくできないのかもしれない。

「なあ、勇翔とツバサだと、どっちがうまいの？」

「そりゃあ、ぼくでしょ」

即答した。

「ミツルとは？」

「やっぱり、ぼくかな」

これも自信ありげだ。

いつのまにか自分まで下のレベルの子たちと息子を比べているのに気づき、拓也は話題を変えた。

「ところでさ、勇翔はこれからもサッカー続けるつもり？」

「うん」

「サッカー、楽しい？」

「楽しいよ」

「そうか、それはよかった。じゃあ、どんな選手になりたい？」

「どんなって？」

「たとえば、プロの選手だったら？」

「そりゃあ、メッシとか、クリスティアーノ・ロナウドとか。本田や香川も好きだよ」

ずいぶんと大きく出た。でも拓也はうれしかった。子供なら今一番輝いている選手に憧《あこが》れるのがあたりまえだ。勇翔はちゃんとその、憧れをもっている。

「勇翔は大きくなったら、なにになりたい？」

ボディーソープの泡を流しながら拓也はこたえを待った。

「うーん、ふたつあるかな」

「ふたつ？　ふたつも夢があるんだ。すごいじゃないか」

「そう、ひとつは、お弁当屋さん」

「お弁当？」

意外な言葉に問い返した。

「うん。子供のためのお弁当専門店。子供の好きなおかずを選んで入れて売るの。うまくいったら、チェーン店にしようと思ってる」

少子化が進んでいるこの時代にどうなんだろう、と思ったが、「それはユニークだな。もうひとつは？」と話を続けさせた。

「そりゃあ、決まってるでしょ」

勇翔はやけに明るい声でこたえた。「プロのサッカー選手」

「へえー」

拓也は内心驚いた。しかし期待通りのこたえでもあった。

「ほんとに？」

「うん。まずはJリーガーになるでしょ。Jリーグで活躍して日本代表に呼ばれるでしょ。オリンピックとかワールドカップとかで注目されたら、海外へチャレンジ。で、引退したら、お弁当屋さん」

ずいぶん具体的で周到な人生設計だ。

「本気かよ?」

もう一度尋ねたら、「いけない?」と口をとがらせた。

「そうか、知らなかった。いいと思うよ。おまえが本気で目指すなら、父さん応援するよ」

「もちろん、マジだよ」

「じゃあ、まずはどうしたらいいと思う?」

「外国語の勉強?」

「もっと前にやるべきことがあるだろ?」

「——やっぱり、サッカーの練習だよね」

「そうだな。自分から練習しないとな」

拓也は肩までお湯に浸《つ》かった勇翔の頭をくしゃくしゃと撫でた。


勇翔の夢が「プロのサッカー選手」と聞いて喜んだ拓也だったが、その夢と現実とのギャップを考えると、せつなくなった。あどけない子供の夢。しかしこのままでは、夢の消費期限が切れるのは、あとわずかにも思えた。なんとか勇翔が夢を少しでも長く持ち続けられるように、自分になにかできないだろうか。

まずは勇翔の言った練習だ。自分もできる限り付き合ってやりたい。でも勇翔にもっとも必要なのは、今のままでは夢は遠いままで終わる——そのことに早く気づくことのような気がした。身をもって思い知らなければ、どれほどの練習が自分に必要なのかもわからない。親としてすべきなのは、それに早く気づくよう導くことのような気がした。

＊

関東圏の地方情報紙を発行する会社に勤めている拓也は、仕事の合間にＪリーガーになって活躍している選手の子供時代の記事をネットで読んだ。サッカー少年たちがどうやってプロになったかを知れば、勇翔にとってのヒントが得られるかもしれない。

日本代表に選ばれたその選手は、エリート・コースを歩んできたわけではなく、むしろ自分は雑草でした、と語っていた。小学生時代までは無名で、地方のサッカー少年団でプレーしていた。中学に上がるときにＪリーグの下部組織のテストを受けて落ちた経験があるそうだ。そのときの悔しさをバネに成長したと告白していた。

「なるほど！」

拓也は思わず口に出した。

「どうした草野君、いい企画でも浮かんだか？」

営業企画課長の小田切《おだぎり》の声が飛んできた。

直属の上司である小田切は、「広告営業は企画がすべて」という持論の持ち主。これまであらゆる顧客を自分のアイデアで獲得し、満足させてきたやり手だ。すらりとして背が高く、中年とはいえニヒルな二枚目で、社内の女子社員からのウケもいい。

「ええ、まあなんとか」

拓也は愛想笑いをした。

「なんとかじゃ困るぞ。今週中に具体的なクライアントを挙げた企画を頼むよ」

小田切は席を立ち、拓也のデスクの後ろを通って部屋から出て行った。

拓也はその隙《すき》に、県内にあるJリーグ・クラブ「エスペランサ京葉《けいよう》」のオフィシャルサイトをパソコンで検索して開いた。

エスペランサ京葉は、拓也の住む茜台から一番近くにあるJリーグ・クラブだ。何年か前にJ2に落ちたが、今はJ1に復帰している。サポーターとまでは言えないが贔屓《ひいき》にしていた。

ホームページのサイトマップから入ると、お目当ての記事はすぐに見つかった。

これだ！　と思ったけれど、今度は声には出さなかった。

ニュースの欄に、「エスペランサ京葉U－12（現小学三年生対象）新加入選手セレクションのお知らせ」とあった。

入団テストのことを「セレクション」と呼ぶらしい。実施日は二月下旬の土曜日。締め切りは二月十五日、当日消印有効とある。今からでも間に合う。

拓也はそのページをプリントアウトするために印刷ボタンをクリックした。プリンターは拓也のデスクから少し離れた場所にある。拓也が画面で募集要項を眺めていると、いつのまにかもどってきた小田切がプリンターに近づくのが見えた。慌《あわ》てて腰を上げたが遅かった。

「これ、草野君か？」

小田切はプリントに視線を落としていた。

「あ、そうです」

思わずこたえてしまった。

「ふーん、こんなイベントもあるんだね」

「いや、それはそのう……」

弁解しようとしたが、言葉が見つからない。

「息子さん、何年生だっけ？」

「今年、四年になります」

「へえ、そういうことなんだ」

小田切はプリントを拓也に手渡し、なにもとがめず自分のデスクにもどっていった。やり手なのだが、ときどきなにを考えているのか、よくわからなくなる。拓也はとりあえず、ほっと胸をなでおろした。

日曜日、練習から帰ってきた勇翔と風呂に入ろうとすると、「たまには、お姉ちゃんと入ろうかな」と言われてしまった。今年六年生になる恵里は、少し前から拓也と一緒に風呂に入らなくなった。でも聡子や勇翔とは未《いま》だに一緒に入っている。拓也からすれば、なんだか自分だけ仲間はずれにされたようで寂しかった。

「たまにって、平日はママと三人で一緒に入ってるんだろ？」

「そうだけど」

「じゃあ休みの日くらい、男同士で入ろうぜ。大事な話がある」

拓也が言うと、「うん、わかった」とうなずいた。

バスタブに浸かって待っていると勇翔が入ってきた。

「今日のサッカーはどうだった？」

なにげなく拓也は声をかけた。

「うん、まあまあだった」

勇翔は湯を浴びてから、すぐにバスタブにからだを沈めた。

「おまえは、まあまあが多い男だな」

からかうと、「そんなに言ってるかなぁ」と眉《まゆ》を八の字にした。その眉のかたちが聡子にそっくりだ。

二人でバスタブのなかで向き合い、拓也はさっそく話しはじめた。

「こないだ、おまえの将来の夢を聞いたろ。お弁当屋さんとプロのサッカー選手。そんとき、まずはJリーガーになるって言ってたよな」

「まずはね。だって有名になれば、お弁当も売れるって、お姉ちゃんに言われたもん」

「そうか、恵里とは話してたんだ」

「うん。お弁当は、ママとお姉ちゃんがつくるの。ぼくは味見係《あじみがかり》。元Jリーガーがおいしいって言えば、宣伝になるでしょ。ぼくの着てたユニフォームやサインを店に飾って、ときどきお店に顔を出せば、お客さんも喜ぶと思って」

プロのサッカー選手になれると信じているような口振りだ。

「なるほど、そいつは考えたね。ところでさ、どうやってJリーガーになるつもり？」

勇翔は首をひねった。「そこのところは、まだ考えちゅう」

「考えちゅうか」

拓也は思わず笑ってしまった。

「いいか、勇翔。Jリーグのチームにも小学生のチームはある」

「知ってるよ。六年生が、去年の大会でエスペランサに12対0で負けたって、ツバサが笑ってた」

「そうか。そんなこともあったか。でも、そのチームに何年生から入れるか、おまえ知ってるか？」

勇翔は首を横に振った。

「四年生からだぞ」

「そうなんだ。ずいぶん若いころから入れるんだね」

「まあな。もちろんそれだけがJリーガーになる方法じゃないけど、一番の近道と言えるかもしれない」

「へえー、道草食うよりはいいね」

「おまえさ、エスペランサ京葉でやってみるつもりある？」

「え？」

「もちろん、だれもが入れる訳じゃない。プロのサッカー選手になりたい子はたくさんいるからな。だからテストがあるんだ。セレクションって呼ばれるそのテストに合格した子だけが、プロと同じユニフォームを着ることができる」

「プロと同じユニフォーム？」

「そうだよ」

拓也がこたえると、勇翔は天井を見上げるようにした。エスペランサのユニフォームを着た自分を想像している顔つきだ。

「どう思う？」

「どうって？」

「だからさ、セレクションを受けるつもりあるか？」

「ぼくでも受けられるの？」

「もちろんだよ。やる気さえあれば、だれでもチャレンジできる」

「ツバサでも？」

「まあ、ツバサも受けたいなら、受けることはできる。けど、今回はおまえひとりで受けるんだ」

「わかった、ひとりでもいい。ぼく受けるよ」

勇翔は目を輝かせた。

「セレクションは来月だから、すぐに申し込みをしなくちゃならない。ほんとに受けたいなら、父さんが母さんに話すけど、どうする?」

「うん、話して」

顎《あご》を引いた勇翔は、大人びた表情になった。

「でも、このことはだれにも言うなよ」

「ツバサにも?」

「そうだ」

「どうして?」

「ツバサだけじゃなく、ほかのチームメイトにも言うな。山本コーチには了解を得るから心配ない。だから、テストの日までがんばって練習しろよ」

拓也は理由をこたえずにすませた。

「うん」

勇翔はうれしそうに目を細めた。

拓也はその笑顔を見て一緒に笑ってやりたかったけれど、黙ってうなずくにとどめた。

その話のあと、ツバサが今日の練習に来なかったと勇翔は教えてくれた。心配なのか、ひどく気にしていた。勇翔はやさしい子だ。

拓也としては、できれば勇翔にはサッカーのうまい大介や将吾や銀河と仲良くなってほしかった。彼らといれば、サッカーについて吸収できることもあるはずだ。でも、それが大人の勝手な思惑だとわかってもいた。

サッカーのうまくない子は、うまくない子同士で仲良くなるのだろうか。

拓也はそのあと、バスルームでサッカーの話はしなかった。

子供たちが眠ると、エスペランサ京葉のセレクションについて、リビングで聡子と話をした。会社でプリントアウトした募集要項を見せたら、案の定、むずかしい顔をした。

「いくらなんでも、勇翔には無茶だと思う」

息子を一番よく知る母親の判断だった。

「あいつは受けたいって言ってるから」

拓也はまずそのことを伝えた。

「受験内容は、運動能力テストとゲームって書いてあるけど、いったいなにをやるの？」

「詳しくは、よくわからない」

「受験料が三千円もかかるんだ」

「無料にしたら、それこそたくさん来ちゃうだろ。本気でテストを受けたい子にしぼるためじゃないかな。まあ、選手獲得が名目だけど、一種のイベントでもあるのかも」

「何人くらい受けるの？」

「それもよくわからない」

「身長、体重のほかにポジションも記入するんだ」

「あいつは今、サイドバックで試合に出ることが多いけど、そこは本人の希望のポジションを書くのがいいだろうな」

「ねえ、なにこれ？　両親の身長も書くわけ？」

聡子がすっとんきょうな声を上げた。

「身長は遺伝するってよく言うだろ。親の身長から、子供の背がどれくらいまで伸びるか、割り出すことができるらしい」

拓也はネットで得た情報からこたえた。

「うわっ、これはまずいわ」

「なにが？」

「所属するチームの代表者から受験する承諾を得なくちゃいけないんだって。しかも署名捺《なつ》印《いん》が必要って……」

「もらえばいいだろ」

「そんなのできないよ」

「なんで？」

「だってバンビーノとしては、気持ちのいい話ではないでしょ。これって、勇翔が別のチームに行きたいっていう話だよ」

「そうだけど、あいつがセレクションに受かったら、コーチたちだって鼻が高いだろ」

「受かればね」

聡子は冷ややかに応じた。

「受かるかもしれないだろ」

「本気で言ってる？」

勇翔によく似た薄い眉が八の字になる。

「おれはさ、あいつに気づかせたいんだよ」

拓也はゆっくり言葉を継いだ。「今の自分の力がどれだけなのか。サッカーをやってる同じ歳の子たち、同じ夢を持った子たちが、どんだけ真剣にサッカーに打ち込んでるのかさ」

「だけど、今のチームでもうまくないんだよ」

「知ってるよ。でもあいつは、その現実を自覚できてないんだ。自分の力を試すいい機会になればと思う」

「自信なくしちゃうんじゃない」

「かもしれない」

「夢がこわれて、サッカーやめちゃうかもよ」

聡子は声をひそめた。「それにさ、気づいたからって、なれると思う？」

拓也は、聡子の言う通りだといちいち思う。なぜなら自分自身そうやって夢をあきらめてきた経験があるから。

でも、あのときもっと早く気づいていたら——そう思う瞬間だってある。

「おれはさ、勇翔の父親だから。おれがあいつを応援しなくて、だれがすんだよ。あいつがあきらめない限り、おれは一緒にがんばる」

拓也は宣言した。

聡子は呆《あき》れたようにふっと力を抜いた。

「ねえ、パパってさ、小学校の卒業文集になんて書いたの？」

「なにが？」

「だから将来の夢とか」

聡子が笑った。

「そんな昔のこと忘れちまったよ」

拓也はしらばくれた。

本当は忘れてなんかいなかった。でも、それが勇翔と同じ「サッカー選手」という夢だったとは言い出せなかった。


金曜日、残業を終えた拓也が家に帰ると家族はすでに寝ていた。リビングのテーブルの上にラップされた肉じゃがと、セレクションに応募するための往復葉書が置いてあった。現所属チームの代表者名と捺印欄には、FCバンビーノの山本コーチの名前が書き込まれ、判子も押されていた。

翌朝、拓也が礼を言うと、「なんだかすごく恥ずかしかったよ」と聡子はそのときの様子を照れくさそうに話した。

「受け取るときは、へっ？　て感じでさ、渡すときは、山本コーチの口元、かなりゆるんでたんだよね」

「まあ、しかたないさ。今の勇翔の実力じゃ」

「でもね、よかったと思うの。勇翔も私たち親もサッカーに真剣だって姿勢は伝わったと思う」

拓也は小さくうなずいてみせた。

朝食を簡単にすませ、拓也は必要項目をひとつひとつ葉書に書き込んでいった。住所、本人氏名、保護者氏名、電話番号、生年月日、学校名、身長、体重……。

両親の身長については、父は百七十二センチ、母は百五十八センチと、いずれも二センチずつ水増ししておいた。

「さて、ポジションか……」

手を止めるとつぶやいた。


その夜、拓也はバスタブに浸かりながら、応募葉書に記入するポジションについて勇翔に尋ねた。

「どこでもいいの？」

髪を洗い終え、椅子に座ったまま勇翔が言った。

「おまえが本当にやりたいポジションを書くことにするよ」

「そっか」

「で、どこにする？」

「じゃあ、ここでお願いします」

勇翔は唇を結ぶと、自分の前にある、湯気で曇った鏡に向かって人差し指を動かした。

拓也は目をこらし、鏡に残った五文字を見つめた。

フォワード

たしかに拓也の目にはそう読めた。

2

エスペランサ京葉U－12セレクションの当日の天候は晴れ。朝のニュースでは、気温は平年並みか、それよりやや高くなる見込みだと報じていた。

午前七時半、勇翔の忘れ物がないか最終チェックをして、家族四人で家を出た。クラブのホームページには公共の交通機関をご利用くださいと明記されていたため、会場へはバスと電車で向かった。

三日前、勇翔が受けるセレクションの話をしているとき、恵里が私は行かないと言い出した。だれかと約束でもあるのかと思えば、とくにない様子。どうやら自分とは関係のない弟のサッカーに付き合いたくないらしい。

「ママも行くのよ」

聡子が言うと、「えー、何時までかかるの?」と恵里は不満げな声を上げた。

「受付は午前九時から。セレクションは十時開始。一次に合格したら、午後から二次選考がある」

拓也はこたえた。

「えーっ、何時に終わるかもはっきりしないの」

「そうねえ、早く終われば、お昼はおうちで食べられるかな」

聡子が口を滑らせた。

「なんだよそれ。弁当持ちに決まってるだろ」

拓也は声を荒げた。最初から一次選考で落ちることを前提にしたくなかった。

当の本人は録画した『ひつじのショーン』をテレビで見ていた。おもしろいシーンで声を上げて笑うわけでもなく、じっと画面を見つめている。

恵里はソファーに乱暴に座って、勇翔の脇腹《わきばら》をつついた。「ねえ、受かりそうなの?」

「やめてよ」

勇翔はからだをねじりながら、「そんなのわからないよ。でも最初から無理ってわかってたら、受けないでしょ」とこたえた。

「そうだよね、がんばろうね。おいしいお弁当つくってあげるから」

聡子が言うと、顔をテレビに向けたまま「うん」とうなずいた。

「な、みんなで応援に行こうよ」

拓也の言葉に、恵里はそれ以上抗《あらが》わなかった。


会場の最寄り駅で降りたとき、「そういえば今日って練習試合なんだよね」と勇翔が所属するバンビーノの話をはじめた。

「心配ないよ。おまえが休むことは、山本コーチに伝えてあるから」

「そうじゃなくて、ぼくがいない分、ツバサが試合に出られるかなと思って」

「そうかもな。けど、ツバサのことより、おまえは自分のことに集中しろ」

拓也は小さな肩を軽く叩《たた》いた。

エスペランサ京葉のホームスタジアム、銀色に輝く巨大な競技場が右手に見えてきた。セレクション会場は隣にある人工芝の練習場だ。そこに近づくにつれ、歩道には参加者や保護者らしき人の姿が目立ってきた。子供たちは一様にサッカーバッグを肩から提げ、グラウンドコートを着込んでいる。

チームカラーであるエスペランサ京葉のイエローの旗が掲げられた受付には、すでに人だかりができていた。

「しまった、カメラ忘れた」

拓也が舌打ちすると、「なによパパ、あれだけ忘れ物ないか確認したのに」と恵里に笑われた。

二面ある人工芝のグラウンドでは、色とりどりのスポーツウエアを身につけた子供たちが自由にウォーミングアップをしていた。リフティングをしたり、ドリブルをしたりして、からだを動かしている。グラウンドに入り込んで、子供のシューズの紐《ひも》を結んでやっている母親らしき姿もあった。

「それにしてもすごい数だな。このなかから何人の子が合格するんだろう。狭き門であることは、まちがいないな」

拓也は腕組みしたまま立ち止まった。

「ほんとに。これはもはや、お受験の世界だね」

聡子は呆《あき》れたような声を出した。

勇翔の受付番号は１３２番。後ろにはまだかなりの子供たちが並んでいる。おそらく参加者の数は二百人を下らないはずだ。受験料はひとり三千円だから、およそ六十万円の収入になる。本来は将来有望な選手を獲得する場のはずだから一石二鳥だ。クラブに営業をかければ広告が取れるかもしれないな、と拓也は一瞬営業マンの頭になって考えた。

セレクションが終わったあとの待ち合わせ場所を決めて、勇翔には準備をさせた。朝方でまだ気温が上がらず、勇翔は震えながら着替えた。それとも寒さのせいではなく、武者震いというやつだろうか。

「上着、着てったほうがいいかな？」

勇翔が不安そうに聡子をうかがった。

「風が吹くと寒いからね」

「手袋はどうしよう？」

「していけば」

「でも暑くなったら？」

「そうしたら外せばいいの。なくさないのよ」

母子の会話をそばで聞いていた拓也は、そんなことくらい自分で考えろ、と口を挟みたくなったが、ぐっとこらえた。親がいちいち助けてやるから、子供は自分で判断できなくなるんだ、と思いながら。

勇翔はインナーシャツに長袖《ながそで》のゲームシャツ、その上に防寒用のピステをかぶり、手袋をしてグラウンドへ向かおうとした。

「すねあては？」

聡子が問う。

「もうしたよ」

「ティッシュは？」

「持った」

「おい、水筒は？」

手ぶらで行こうとする勇翔に、思わず拓也が口を出した。

「あ、いけね」

勇翔は首をひねって水筒を受け取り、背中を向けた。

「だいじょうぶかよ、あいつ」

つい口を出してしまった自分をごまかし、拓也はつぶやいた。

「忘れ物が多いからね。だれに似たのやら」

聡子がふっと笑った。

恵里は手持ちぶさたなのか、聡子に寄りかかっていた。早くも付いてきたのを後悔しているようだ。

周囲では同じような親子の会話が交わされていた。母親だけでなく、父親も少なくない。孫を見に来たのであろう、年配の夫婦の姿もあった。保護者はグラウンドのフェンスの周りに集まり、金網越しに我が子の姿を目で追っている。運動会のようにピクニック・テーブルまで用意して陣取っている家族もいた。

「まだ三年生だっていうのに、みんなスパイク履いてるんだな」

拓也は子供たちを観察した。

「勇翔だってそうでしょ」

「いや、あいつのはトレシュー」

「トレシュー？」

「だからトレーニングシューズだよ。ほんとのスパイクじゃない」

「あら、そうなの？　てっきりあれがスパイクだと思ってた」

聡子の言葉を無視して、勇翔を見つめた。

グラウンドのなかに入った勇翔は両手でボールを持ったまま、きょろきょろしている。自分の置かれた状況に戸惑っているのかもしれない。こんなに広いグラウンドは初めてだろうし、こんなにたくさんの子供たちとサッカーをするのも初めてにちがいない。しかも周りはすべてライバルだ。

からだの大きな子、すばしっこそうな子、ボール扱いが上手な子、どの子もなにかしらいいものを持っていそうに見える。

両足で交互にリフティングしている子が、勇翔のすぐ前を通り過ぎた。だれかが蹴《け》ったボールが勇翔の背中に当たり、首をすくめて振り返った。ボールを手にしたまま、まだ突っ立ったままでいる。寒そうに背中を丸め、なにもはじめようとしない。そんな息子の姿に、拓也は苛《いら》立《だ》ちを募らせた。セレクションを受けさせたのは、やはり無謀だったのだろうか。

――ここではおまえはひとりぼっちだ。だれも助けてはくれないぞ。

そう声をかけたくなった。

拓也が気分を沈ませかけていると、勇翔がとつぜん手を振った。だが、こっちに向かってではない。

「あれ？」

バルセロナの10番のユニフォームを着た子が勇翔に近づいていく。勇翔の顔がほころび、言葉を交わしている。

――もう友だちをつくったのか？

だとすれば、たいしたものだ。そういったコミュニケーション能力はサッカーをやる上でもとても大切だ。

――やるじゃないか。

感心して見ていると、二人はパスをはじめた。

「あらっ？」

聡子が声を漏らした。「あの子、将吾じゃない」

「えっ？」

「ほら、同じチームの将吾だよ」

その言葉に拓也は驚きつつ、近くにいる保護者を見まわした。本当に将吾だとすれば……。

――いた。

タッチライン側のフェンスに張りつくようにして、ビデオカメラを回している長身の男を見つけた。

あの親父《おやじ》だ。勇翔のシュートチャンスのときに視界を塞《ふさ》いだ無礼者。

「将吾の親父、発見」と拓也はささやいた。

「やっぱり、そうだよね」

聡子がうれしそうな声を出すのと同時に、拓也は小さく舌打ちした。

なるほど、そういう可能性がないわけではなかった。今日の練習試合、ツバサはフル出場どころか、メンバーが足りないだろう。

「挨拶《あいさつ》しに行く？」

聡子の言葉に、拓也はすばやく首を横に振った。今日は勇翔のことだけに集中したかった。

エスペランサ京葉のスタッフによる全体でのウォーミングアップが終わり、いよいよセレクションがはじまった。

最初の種目は三十メートル走。隣接するフットサルコートに移動して行われた。スタート地点とゴールにセンサーのようなものが立っていて、スタンディングスタートから次々に子供たちが走路を走り抜け、タイムが計られた。

タイムは表示されるわけではなく、記録はわからない。それでもときおり見守っている保護者たちから声が漏れてくる。「今の子は速かった」という賞賛のにじんだため息も聞こえた。

明らかに足の速い子もいる。しかし明らかに足が遅い子もなかにはいる。その典型的なひとりが勇翔だった。隣の男が「遅っ」とつぶやくのが聞こえた。それは認めざるを得なかった。

――どうしてあんなに遅いんだろう？

拓也は首をかしげたくなった。

案内にあった「運動能力テスト」とは、三十メートル走のみ。しかもタイムは一発勝負。これだけの人数が集まれば仕方ないのかもしれないが、未来のJリーガーを選ぶにしてはずいぶんアバウトな印象だ。

続いて場所を人工芝のグラウンドにもどして、ゲーム形式でのテストがはじまるらしい。保護者たちがぞろぞろと移動する。拓也たちはフェンスの前の人垣に加わって、見ることにした。ミニゲームのピッチが何面も用意され、子供たちはそれぞれのピッチに振り分けられていく。さらに五人のチームに分けられ、チームごとのビブスが配られた。

勇翔はオレンジ、10番のビブスを身につけた。

――いいぞ、エースナンバーだ。

たかがビブスなのだが、拓也はうれしかった。

ゲームは、ゴールキーパーなしの五対五のミニゲーム。試合時間十分でチームを次々に入れ替えていく。最初の試合から、激しいボールの奪い合いではじまった。

ボールを奪った子は自分でゴールへ向かう。パスという選択はほとんどなく、ドリブルで敵に一対一を仕掛けていく。判断という意味では疑問を感じるが、ボールへの執着の強さはアピールにもなるのだろう。ほとんどの子が、行けるところまで行く、というスタイルをとっていた。まるでだれかに吹き込まれでもしたみたいに。

ピッチの周りにエスペランサ京葉のコーチらしきスタッフが二人立っている。手にしているバインダーに、印象が残った選手を記しているようだ。「オレンジの10番、センスが光る」などと書くのだろうか。そんな想像をふくらませ、にやつきながら、拓也は息子の出番を待った。

「つぎ、オレンジとブルーのビブス」

スタッフの声が聞こえた。

「やっと勇翔の出番だね」

隣で聡子の声がした。

拓也はゴクリと唾《つば》を呑《の》み込んだ。遂《つい》に勇翔の実力が試されるときがきた。

ピッチにチームカラーのビブスを身につけた子供たちが入ってくる。事前に話し合ったようで、それぞれが自分のポジションへついた。

——なんでだよ。

拓也は腕を組んだままピッチをにらんだ。

オレンジの10番は、自陣ゴール前に下がっている。

——おまえがやりたいのは、フォワードじゃなかったのか？

キックオフの笛が鳴り、オレンジとブルーのビブスが入り乱れる。前線にいる子は、相手につかみかからん勢いだ。勇翔はと見れば、忠実な番犬さながら、ゴール前でお座りするかのようにそれを見ている。ゲームに積極的に参加していく気配はない。先日観戦したバンビーノの練習試合での姿と重なった。

味方ボールになると、勇翔は「ハイ、ハイ」と声を出し、手を挙げる。しかしここは教室ではなくピッチの上だ。手を挙げても、指してくれる先生はいない。パスは順番待ちではもらえない。いくら後ろで呼んでも、ボールは回ってこない。

三年生とはいえ、子供たちの嗅覚《きゅうかく》は敏感で、戦える仲間をすぐに嗅《か》ぎ分けたようだ。勇翔はほとんど蚊帳《かや》の外といった感じだ。

胸のなかにもやもやとした霧が立ちこめはじめる。唇を嚙《か》みしめ、あるいは歯嚙みした。思わず舌を打ち、ため息を漏らす。天を仰ぎ、うつむく。

そして、タイムアップの笛が鳴った。

その後のゲームでも大差なかった。勇翔は後ろにポジションをとり、味方ボールになると手を挙げて呼んだが、ほとんどボールにさわれない。一度だけゴール前で敵のドリブルを阻止して、止まったボールを前に蹴った。そのボールが味方につながって、ドリブルで抜け出したオレンジの９番がゴールを決めた。

「やったね！」

聡子がはしゃいだ。

「アシスト決めたの？」

恵里も喜んだ。

それが勇翔のこの日最大の見せ場だった気がする。

拓也としても一緒に喜びたいところだったが、解説してやった。「今のは勇翔が意図して出したパスじゃない。前に蹴っ飛ばしたら、たまたま味方ボールになっただけだよ。あれじゃあ、評価されない」

笛が鳴り、各チーム三本ずつのゲームを終え、勇翔は10番のビブスを脱いだ。セレクションの一次は終了。子供たちは解散となった。

「行こう」

拓也はジーンズのポケットに両手を突っ込んで歩き出した。

聡子と恵里がついてきた。

――わかっていたことじゃないか。

拓也は苛立つ自分に語りかけた。

――勇翔に少しでも光るものはあったか？

考えてみる。

——ないな。

と思う。

現状ではない。悲しいけれど、それが現実だ。

待ち合わせ場所にやってきた勇翔が合流し、家族四人で隣にある芝生広場のほうへ歩いて行った。ほかの親子の姿もあった。興奮気味にミニゲームの話を母親に語りかける参加者らしき子供もいた。

拓也はなにも言わず広場の一番奥まで進み、ようやく足を止めた。そこまで歩いてくる親子はいなかった。聡子がレジャーシートを敷いて、お昼の準備をはじめた。時計を見ると、もうすぐ十二時になろうとしている。

「どうだった？」

レジャーシートにあぐらをかいた拓也が声をかけた。

勇翔は立ったまま、「うん……」と口にしたきり黙り込んだ。

「さあ、ご飯にしようよ」

用意した弁当を聡子がひろげはじめた。

「ちょっと待って」

拓也は右手で制止して、もう一度問いかけた。「セレクション、どうだった？」

うつむいた勇翔は少し間を置いてから、「なかなかボールが来なかった」とこたえた。

「そうだったな。どうしてだか、わかるか？」

「みんな自分でゴールを決めたいから」

「たしかにな。自分をアピールするには、ゴールが一番手っとり早い。合格するために、みんな必死だ。おまえはどうだった？　自分の力は出せたか？」

「――うん」

小さくうなずいて唇を結んだ。

「おまえとしてはどう思う？　一次セレクション、合格したと思うか？」

勇翔は口をすぼめて考えこんでから、「うーん、たぶん……」と言った。

「たぶん、なんだよ？」

「一次は受かってると思う」

勇翔はからだをねじりながらこたえた。

「そうか、そうなのか……」

拓也は低い声を漏らした。今ここで言うべきか、それともセレクションの結果がわかってから家に帰って話すべきか、迷った。

「おまえ、本当にそう思ってるのか？」

気持ちを静めて問いかけた。

勇翔の目がうつろに泳いだ。

「父さんな、おまえは駄目だと思うよ」

拓也はやはり今言うべきだと思い、口に出した。

「え？」

「おまえは一次セレクションには受からない。絶対にな」

強い調子で断言した。

「ねえ、パパ……」

なだめるように聡子が口を挟んだ。

勇翔は唇をとがらせた。

「だったら、見てこい」

「え？」

「十二時に、受け付けした場所に結果が貼《は》り出される。おまえの番号１３２があるかどうか、見てきなさい」

静かな口調で告げた。

「――わかった」

「じゃあ、ママもついていくよ」

聡子が言うと、「私も」と恵里が立ち上がろうとした。

「ゆうと！」

拓也は声を高くした。「ひとりで行けるよな？」

「はい」

勇翔はくるりと背中を向け、芝生の広場を歩き出した。

その小さな背中を三人で見送った。

「お弁当、どうする？」

「待ってあげよう」

拓也が言うと、恵里がうなずき、弁当箱の蓋《ふた》をすべて閉じた。

「勇翔なりに、がんばってたんだけどなあ」

聡子が悔しそうにつぶやいた。


十分ほどたって、勇翔が広場にもどってきた。

しょんぼりとしたその姿を見れば、結果は一目瞭然《りょうぜん》だった。うつむいたまま、まっすぐに芝生の上を歩いてくる。内側から舌で押すようにして、ほっぺたをふくらませていた。

三人は座ったまま勇翔を待った。レジャーシートの前で立ち止まった勇翔は、右腕を上げ、目の高さで横に拭《ぬぐ》った。

「なかった」

勇翔は何度も目をしょぼつかせた。

「そうか」

拓也はうなずいた。「じゃあ、お昼にしよう」

聡子と恵里が弁当箱の蓋を開いた。早起きしてつくったお弁当は、運動会のときと同じように彩《いろど》りよく、にぎやかだ。鶏《とり》の唐揚げ、卵焼き、プチトマト、茹《ゆ》でブロッコリー、ウインナーのタコ、勇翔の好きなエビのベーコン巻きもちゃんとあった。

「さあ、ママがせっかくつくってくれたお弁当だ。みんなで食べよう」

「うん、食べよ」

恵里がやさしい声で相槌《あいづち》を打った。

「そうだね、ママもお腹減っちゃったよ」

聡子が水筒のふたにお茶を注《つ》ぎ、恵里がおにぎりを勇翔に手渡した。

勇翔はおにぎりを手にしたまま突っ立っていた。

「どうした、座れよ」

拓也が声をかけた途端、勇翔はしゃくり上げ、「ぼ、ぼく……」と声を詰まらせた。

「どうした？」

「うっ、うっ、うっ……」

嗚咽《おえつ》で言葉がつながらず、小さな肩が震えた。過呼吸にでもなりはしないかと心配になるほどに。

「ぼ、ぼく、ほんとは、わかってました。……けど、言えませんでした」

胸を波打たせながら、勇翔は声をしぼり出した。「最初から、あきらめちゃいけない、そう思って、嘘《うそ》をつきました」

洟《はな》が糸を引いて垂れ、涙が赤く染まった頰を伝った。

「そうか。駄目だって、自分でもわかってたんだな？」

「――はい」

勇翔はシューズを脱ぎ、レジャーシートに正座した。

鶏の唐揚げを包んだ銀紙が冬の太陽を反射させ、きらきらと光った。少し離れた場所でボールを蹴りはじめた親子の笑い声が、風に運ばれてきた。勇翔のかさついた膝《ひざ》に涙が落ちてはじけた。

「いいか、勇翔」

拓也は言葉を選びながら続けた。「父さんはここへ来る前から、ほんとはわかってたよ。おまえの力では通用しないことは。今日、ここに集まったのは、おまえと同じようにプロのサッカー選手になる夢を持っている三年生だ。みんな上手だったな。それに、すごく真剣だった。父さんは勇翔に感じてもらいたかったんだ。おまえと同じ夢を持った子たちが、今どの辺を歩いているのか。自分が、どのあたりを歩いているのか」

「はい」

「勇翔、認めろよ。おまえは、へたくそなんだよ」

拓也が言うと、勇翔は顔を空に向け、声を上げて泣き出した。

「おまえは、今日、ここへ集まった三年生のなかで、たぶん一番へたくそだ。参加すること自体、無茶だったかもな。でもな、勇翔。それは今日であり、今の時点だ。これからがんばれば、追いつけるかもしれない。だからここへ来たのは、父さんは無駄だとは思ってない。それがわかっただけでも来た甲斐《かい》があった。ただ、サッカーを続けるかどうかは、おまえ次第だ」

拓也は勇翔の目を見た。「サッカー選手になる夢をあきらめるなら、それでいい。無理だと思ったら、またべつな夢を見つけろ」

「やだっ」

勇翔は激しく首を横に振り、叫んだ。「やりたい！」

聡子も恵里も黙っていた。お弁当にはだれも手を付けなかった。

「でも、それって大変だぞ。今日ここへ来てわかっただろ。上には上がいるんだ」

「うん。でも、あきらめない」

「どうして？」

「サッカーが、……好き、……だから」

勇翔はしゃくり上げ、言葉が切れ切れになった。

もうこれ以上責めたくはなかった。

でも、たしかめておきたかった。

「じゃあ、これだけは聞かせてくれ。おまえは本気でサッカーをやるのか？　それとも遊びでサッカーをやるのか？　本気でやるなら、父さんは協力する。遊びでやるなら、もうなにも言わない」

「本気で、……やります」

勇翔はまっすぐに拓也を見た。

「本当か？」

強くうなずく。

「本当に本当に、そうなんだな？」

「ハイ」

「よし」

拓也は息を吐くと言った。「今日、この場所へ来たことを忘れるな。ピッチに立ちながら、なにもできなかった自分を忘れるな。この場所で味わった悔しさを絶対に忘れるな。——いいか、おまえのサッカーは、ここからはじまるんだ」

拓也は手にしたおにぎりをほおばった。梅干しがやけにしょっぱかった。

勇翔はうなずき、同じように大きな口を開けておにぎりをほおばった。

その姿を見た拓也は、鼻の奥に痛みを感じながら、遠くに目をやった。

冬枯れした芝生のところどころに、緑の新芽が顔を出しはじめていた。陽気に誘われたのか、小さな薄紫色の蝶《ちょう》が一匹、ちらちらと頼りなげに低く飛んでいく。ボールを蹴る親子の姿が、不意にぼやけた。

「勇翔ががんばるなら、ママも応援する。サッカーのことは、よくわからないけど」

聡子の言葉に、勇翔はコクリと首を振った。

恵里は黙って、爪楊枝《つまようじ》に刺さったエビのベーコン巻きを弟に差し出した。

「いいか、勇翔。おまえのサッカーは、ここからはじまるんだ」

拓也はもう一度くりかえした。

＊

焼酎《しょうちゅう》のお湯割りをリビングで飲みながら、拓也は今日のセレクションをふり返っていた。家族はすでに寝室で川の字になって眠っている。

それにしても、どうしてここまで差が開いてしまったのだろう。拓也が思ったのは、そのことだった。

セレクションでは、根拠のない期待は見事に打ち砕かれ、言ってみれば予想通りの結果に終わった。サッカーの現実を勇翔に思い知らせる、という当初の目的は達成したが、勇翔に浴びせた自分の言葉に胸を痛めてもいた。我が子に面と向かって駄目出しをしたのは、初めてだった。

夢をあきらめずにサッカーを続ける。泣きながらそう誓った勇翔だが、再びスタートラインに立ったにすぎない。同じようにサッカー選手を目指している同年代の子たちの背中は、遙《はる》か先にある。気持ちに火をつけただけで放っておいたら、その種火は早々に消え失《う》せてしまうかもしれない。勇翔のサッカーをどうサポートしていくべきか——本気でやるなら協力すると言った以上、自分にも責任がある。

焼酎の量を増やした二杯目を口にしたとき、勇翔が一年生になり、サッカークラブを決めた当時を思い出した。

候補に挙がったのは地元にあるふたつのクラブだった。ひとつは地域に根ざし、三十年の歴史をもつ茜台ファルコンズ。そしてもうひとつは創設七年目ながら小中一貫育成の環境を整備したFCバンビーノ。

当初、勇翔は自分が通う茜台小学校の校庭をホームグラウンドにしているファルコンズに入る予定だった。元々はスポーツ少年団だったクラブで、昔は学校の先生が指導をしていたらしい。今は保護者を中心としたボランティア・コーチによって運営されている。クラブ員のほとんどが同じ小学校の生徒ということもあり、アットホームな雰囲気だ。月謝は安く二千円程度。ただ、そういったクラブ運営のため、保護者の協力が前提となっている。

FCバンビーノについては、拓也がインターネットで調べて見つけだした。こちらは茜台にもうひとつある茜台西小学校がホームグラウンド。元Jリーガーこそいないものの、指導者は高いサッカーキャリアを誇っている。ウェブのスタッフ・ページに掲載されたコーチ陣の経歴には、サッカーを少しかじった者なら知っているサッカー強豪校が目につく。だとすれば言葉だけでなく、コーチ自らサッカーの技術を見せてくれるはずだ。指導方針はドリブルをはじめとする個人のスキルアップが柱とされている。

ネックなのは、ホームグラウンドが低学年のうちは徒歩圏とは言えず、車での送迎が必要になる。

どちらのクラブを選ぶのか、拓也と聡子の意見が分かれた。聡子はだんぜんファルコンズだと主張し、拓也はバンビーノを推した。

聡子は同じ学校の友だちと一緒にやるのが一番だと言い、費用に関しても指摘した。バンビーノは月謝六千円のほかに年会費一万円がかかり、入会時にはユニフォームだけでなく、クラブのロゴ入りジャージやウインドブレーカーの購入が義務づけられている。それら一式で約八万円。三年生以上は合宿が定期的にあり、参加費にはクラブとしての利益が当然乗っかっているわけで、ファルコンズの合宿代よりかなり割高に設定されているという。

主婦である聡子に言わせれば、ふたつのクラブの大きなちがいは、ファルコンズは〝安く〟、バンビーノは〝高い〟という話になる。

一方、拓也はバンビーノの活動内容が気にいった。両クラブのスケジュールを調べたところ、バンビーノのほうが、練習日や試合の数がはるかに多い。合宿の日数に関しても同様だ。拓也にしてみれば、お金が余計にかかろうと、サッカー経験が豊富な指導者のいるクラブで、思いきりサッカーをやらせたかった。

じつは拓也には苦い思い出があった。中学生時代のサッカー部の顧問にはサッカーの経験が無く、日々の練習はおざなり、試合もあまり組んでもらえなかった。あの頃、もっと良い指導者と出合えていれば——そんな想《おも》いを引きずっていた。

勇翔の気持ちはファルコンズにかなり傾いていた。同じクラスの子から一緒に入ろうと誘われたせいもある。しかし拓也は譲らず、最終的には両クラブの練習を体験して、どちらに入るか本人に決めさせることにした。

まずは拓也が推すバンビーノの練習に、勇翔は参加することになった。

体験練習日の前夜、拓也はバンビーノのホームページを勇翔に見せた。トップページには、ここ最近、クラブが挙げた大会での成績がテロップのように流れていた。「U—15クラブユース選手権二年連続県大会ベスト8進出、四年生市大会準優勝　六年生チャレンジ杯優勝」。トロフィーやカップと一緒に、メダルを首にかけて整列した子供たちの画像もあった。

「ねえ、バンビーノは、ファルコンズより強いの？」

勇翔はパソコンの画面をのぞき込んだ。

願ってもない質問だった。

「もちろん、強いさ」と拓也はにっこり笑った。

「そうか、強いんだ」

勇翔は目を見張るようにしてから、「うーん」と唸《うな》った。

翌日のバンビーノの体験練習では、勇翔は終始楽しそうにボールで遊んでいた。若いコーチたちは子供との距離感も近く、コーチというより、お兄さんという感じなのかもしれない。

体験練習終了後、勇翔はもらった入会の手引きを手にして、拓也のところに走ってもどってきた。

「パパ、ぼく決めた！　やっぱり強いチームがいい。バンビーノにする！」

額を汗で光らせながら叫んだ。

聡子は、拓也による策略だとさんざん非難したが、最後には折れた。

後日、バンビーノの入会手続きをすませると、この一年間でかかるおよその費用を書いたメモを聡子に見せられた。その額に青ざめた拓也が痛感したのは、時代は変わり、サッカーはボールひとつあればできるスポーツじゃなくなった、という事実だ。

サッカーはとても高くつく。

「パパのお小遣いは、当分のあいだ値上げナシだからね」

聡子にこわい顔でにらまれたのを思い出す。

三杯目の焼酎のお湯割りをつくり、酔いのまわった頭で考えた。そういう意味じゃ、お金をたくさんかけている割には、勇翔は伸びていない。

拓也の考えは、結局そこにもどってきてしまう。

——なぜだろう？

まずはその原因を突き止める必要がありそうだ。

そのためにも勇翔の練習や試合をなるべく見に行こう。あらためて拓也は思った。


翌週の土曜日、拓也は午前中だけ出社し、午後はバンビーノの練習へ。

いつものようにグラウンドの隅で見ていたら、「草野さん」と後ろから声をかけられた。ふり向くと、背の高い男が立っていた。声の主は将吾の父親で、この日は、いつも手にしているビデオカメラは持っていなかった。

挨拶をすませたあと、話題は当然のごとくエスペランサ京葉U—12のセレクションに移った。

「将吾から、勇翔君が来てたって聞いたものですから」

青芝がにこやかに言った。

「いやぁ、お恥ずかしい。ウチのはあっさり一次で落ちました」

拓也が打ち明けると、青芝は自分の顔の前で右手を振った。

「いやいや、結果じゃないです。セレクションを受けた勇翔君に、サッカーに対する真摯《しんし》な姿勢を感じました。素晴らしいですよ」

同じセレクションを受けたとはいえ、勇翔と将吾ではレベルがちがうし、目的が異なるだろう。でも青芝がそう言ってくれたことは、素直にうれしかった。

青芝は背が高く肩幅が広い。髪の毛は短く、いかにも元スポーツマンに見える。自分より年上の印象を受けたが、決してえらそうではなく、言葉遣いも丁寧だった。

「将吾君はいかがでしたか？」

「ウチのは、おかげさまで今のところ残っています」

青芝の口元に笑みが浮かんだ。

「それじゃあ、二次も受かったってことですね。そいつはすごい。さすがですね」

拓也は賛辞を送ったが、本当のところ、将吾も落ちただろうと思っていた。だが、将吾ですら一次も通過しないのならば、勇翔の夢は果てしなく遠いという話になる。将吾が二次も受かったとなれば、勇翔にとっては身近な目標になり得るし、それはそれで励みにもなるはずだ。

青芝は、セレクションについて詳しい話を聞かせてくれた。今回の参加者が二百十四名だったこと。そのうち一次を通過したのは八十二名。そして三次まで残ったのは三十八名とのことだった。

「いったい何次までやるつもりなんですかね？」

「最終セレクションは四次だそうです」

「四次まであるんですか、さすがに厳しいな。将吾君、受かるといいですね」

「どうですかね、正直むずかしいと思います。今回はセレクションがどんなものか、体験するのが目的なんで。それに今回採る選手は、数名との話ですから」

「え？」

拓也はつい尋ね返した。「数名ですか？　でも、エスペランサ京葉のジュニアチームは四年生からですよね。持ち上がりはないわけだから、二十人以上選ばれるんじゃないですか」

「いえいえ、セレクションは、あくまでセレクションです。プロのクラブですからスカウティングは組織的に行われます。とくに地元は情報網が張り巡らされている。スカウトマンは大会で勝ち上がる強いチームの有力選手に常に目を配っていますからね。それこそ将来性のある子は、チームにとってダイヤモンドの原石ですから、クラブ同士で奪い合いになったって不思議じゃない。セレクションを待たずに、そういう子には声がかかります。言ってみれば先に決まっているわけです。セレクションは、スカウトマンが発見できなかったタレントを見つける場なんですよ」

「そうなんですか？」

こたえる代わりに、青芝は穏やかに笑ってみせた。

しかし考えてみれば、青芝の言葉は当然のことにも思えてきた。プロのサッカークラブが、よい選手が来るのをただなにもしないで待っているわけがない。青田買いをしようと働きかけるはずだ。昔だったら高校生くらいがターゲットだったのかもしれないが、今では小学生にまでその対象が及んでいるとしても不思議ではない。ただ、小学生に対するスカウトマンの守備範囲はそう広くはないだろう。だとすれば、強豪チームに所属していなければ、見いだされる確率は減ってしまうのではなかろうか。

その点について尋ねたところ、「その通りですよ」と青芝は表情を変えずにこたえた。「そのためにも、上を目指すなら、所属するチームが強くなければね」

「なるほど」

拓也はうなずきながら感心してみせた。

「ですから、バンビーノにもがんばってほしいところです」

「将吾君がここまで成長したのは、やはり持って生まれた才能ですかね」

お世辞半分に言うと、「いえ、ちがいますよ」と青芝はきっぱりと否定した。「才能とか素質なんかじゃない。そんなものあいつには、ほとんどありません。あの子はあれでかなり不器用ですから」

「だとすれば、クラブの指導のおかげですか？」

「それはどうですかね……」

青芝は声に皮肉めいた響きを込めて続けた。「だってそう思いませんか？　そうであれば、将吾たちの学年はもっとうまくなってるはずですよ。勇翔君だってそうです。子供たちそれぞれの個性をじゅうぶんに引き出しているとは、到底思えない。疑問に感じる面が多々あります」

「はあ」

クラブ批判とも受け取れる言葉に、拓也は曖昧《あいまい》に相槌を打った。

上手な子の親には、上手な子の親なりの悩みがあるのかもしれない。拓也にしてみれば、贅沢《ぜいたく》な悩みとしか思えなかったけれど。

「しかし青芝さん、ずいぶんお詳しいですね？」

「息子のためですからね、私なりに研究はしています」

その言葉は新鮮に響いた。ただ口を出して求めるだけではなく、子供と一緒に学ぼうとする姿勢は、これまでの自分にはなかった。

「ところで勇翔君、どうしてスクールに入らないんですか？」

「スクール？」

「ええ、クラブのスクールですよ。火、木にありますよね。聞いた話だと、勇翔君とツバサ君だけ入ってないって」

その件は以前、聡子から相談された。クラブの月謝とは別に月三千円かかる。勇翔は火曜日に英語の塾に通っているから、木曜日にしか行けない。それもあって見送った経緯がある。

「やっぱり、入れるべきですかね」

「私はそう思いますね。この年代では、少しでも多くボールにさわる機会を与えるべきです。とくにこのクラブの場合、週末に試合を組むケースが多いですよね。そうなると基本的な技術の多くは、スクールで練習する傾向が強くなる。通わない子は、どうしても置いていかれることになりかねません」

「そうか、なるほど」

青芝の言葉にドキリとした。なぜほかの子と比べて勇翔は上達しないのか。拓也が抱いていた疑問の答えを突きつけられた気がした。

「将吾は別のスクールにも通わせようか、検討しているところです」

青芝は平然と口にした。

将吾のサッカーの時間は、勇翔と比べたら今でさえ長いのに、さらに別のスクールに通うとなれば、追いつくのは並大抵のことではなくなってしまう。

「ところで草野さん」

青芝は急に声を落とした。「今回のセレクションの件なんですけど、将吾が受けていることは内緒にしといてください」

「あれ？　コーチに許可取ってないんですか？」

「ええ、とくには」

「そうなんですか……」

「力試しですから」

「でも、受かっちゃったら？」

「そのときは、そのときです。ウチの子は今のクラブと契約を交わしているわけではないですからね」

青芝は目尻《めじり》にしわを寄せた。

そういう考え方もあるのか、と拓也は思った。

「じゃあ、私はこれで」

「帰っちゃうんですか？」

「ええ、これから仕事があるんで。自営なんですよ」

「また、いろいろと教えてください」

拓也は謙虚に頭を下げた。

「いえいえ、こちらこそ」

青芝は腰をかがめながら、駐車場へと足早に去っていった。

あらためて腕を組み、グラウンドを眺めたものの、今の会話が頭から離れない。青芝はジュニア年代のサッカーについて、かなり精通していた。今日話せたのは、とても刺激になった。うまい子の親からは、学ぶべきものがあるような気がした。

一方で、青芝がわざわざ話しかけてきたのは、結局はセレクションの口封じのためだったような気もした。そのやり方はちょっとずるく、同時にしたたかさを感じた。

今回のセレクションは体験するのが目的、と青芝は言っていたが、だとすれば自分と同じように、息子が受かるとは思っていなかったことになる。果たして結果はどう出るのか。

グラウンドの子供たちを見つめた。チーム一の点取り屋の将吾は、ボールを受けるとすばやく反転しゴールに向かった。上体を揺らすようにして、独特のリズムを刻んでドリブルで駆け上がっていく。一人、二人、三人と抜き、最後はゴールの左隅に流し込んだ。

「ナイス！　将吾！」

大介が叫んだ。

「ディフェンス軽いなぁ、勇翔、ツバサ」

コーチの呆れたような声がした。

足だけ出して抜かれたのが、我が息子だった。グラウンドではいつのまにかミニゲームがはじまっていた。

「草野さん、どーも」

青芝と入れ替わるようにして大介パパがやって来た。人なつこそうなまるい顔で「いやあ、先週の練習試合、ヒヤヒヤもんでしたよ」と頭を掻《か》いた。

「ウチのは休みましたが、どうかしたんですか？」

拓也はしらばくれて尋ねた。

「将吾も休みで……」

「てことは、十人？」

「いえ、九人です。ツバサも休んだから」

「え、ツバサも？　フル出場できるチャンスだったのに」

思わず余計なことを口にしてしまった。

「ほんとですよね。まあ、勇翔君も来てれば、チャンスだったわけだけど」

大介パパは探るような目をして笑った。

「ツバサ、なんでまた？　風邪とかですか？」

話題を息子に向けられたくなくて尋ねた。

「いや、そういうんじゃないでしょ」

大介パパはこたえると、「もうすぐ四年生じゃないですか。そろそろチームでポジションを固めないとね」と続けた。

――ポジション？

なにやらコーチのような口振りだ。

「勇翔君、別のクラブに移籍したりしないですよね？」

「ウチのが？」

「ええ、たとえばエスペランサにいっちゃうとか？」

「まさか……」

と笑いかけたが、皮肉ではないかと勘ぐった。勇翔がセレクションを受けたことを知っている気がした。

「今は十二人しかいませんよね。チームの人数としてはぎりぎりでしょ。今後公式戦が増えますからね。病気とかケガとかもあるだろうし、十五人くらいメンバーがいれば、安心なんですけどね」

「ああ、なるほど……」

拓也はこたえたが、先発で出られると確信している子供の親だから、そんな悠長なことが言えるのだと半ば苦々しく思った。

「まあ、四年生になるときに、何人か入ってきそうですけどね」

「そうなんですか？」

「ほら、スクールに来てる子ですよ」

またスクールの話か。拓也はうんざりしたが、疑問が浮かんだ。

「スクールの子というのは、四年生になっても、どこのチームにも所属してないわけですか？」

「いえいえ、所属してますよ。スクールはバンビーノの選手だけじゃなく、だれでも受け入れてますから。ほかのクラブに所属している子もかなり増えてます」

――そうなのか。

金さえ払えば参加できるわけだ。

「だから、やる気のあるうまい子が集まってくるんですよ、ウチのスクールには。スカウトしたくなるような子もいますからね」

大介パパは自慢げに話すと歩き出した。

今度は校門の外に集まっている保護者と話をしに行くようだ。校内は禁煙のため、煙草《たばこ》を吸う場合はいったん外に出なければならない。コーチを含めて五、六人で談笑している。拓也は煙草を吸わないし、その輪に無理して入ろうとせず、グラウンドに残った。

なにやら勇翔にとって、ますますチームのレギュラー争いは熾烈《しれつ》になっていきそうな雲行きだ。

練習後、勇翔を車に乗せて連れて帰り、すぐに一緒に風呂に入った。

バスタブに浸《つ》かって向き合うと、セレクションを受けたことをだれかに漏らしていないか確かめた。

「話してないよ、ツバサにも」

「将吾のことも話すなよ」

「うん、だいじょうぶ」

「ところで、将吾の結果、聞いたか？」

勇翔は首を横に振った。

「なんだ、聞いてないのか……」

拓也は秘密を守るよう約束させた上で教えてやった。

「すごいなぁ将吾は」

勇翔は心から感心したように表情をゆるめた。

「おまえも口だけじゃなく、がんばらないとな」

「うん」

「このあいだ何回も言ったけど、忘れるなよ」

勇翔は上気した顔でうなずいた。

セレクションの直後は、悪かった部分ばかり指摘してしまった。だから、なにか得たものはないか、あらためて聞き出そうとした。すると意外なこたえが返ってきた。

「やっぱり、友だちができたことかな」

勇翔は同じチームになった子と、仲良くなれたのがうれしかったようだ。あの熾烈な競争のさなかでも、子供にはそういうことができるのだ、と気づかされた。それは勇翔にとって、とても貴重な体験のような気がした。

「てらやましゅうと」

「てらやま君?」

「うん、『しゅうと』って呼んでくれって言われた」

「へえ、そいつはまた、サッカーがうまそうな名前だな」

「また会えるといいな」

「そうだよな。で、しゅうと君はどうだったのかな、一次通ったのかな？」

「ほら、最後のゲームで、ぼくがアシスト決めた子だよ」

そのシーンは拓也も覚えていた。あのとき、聡子と恵里が能天気に喜んでいたから、プレーの問題点をわざわざ解説してやった。

「勇翔、あのシーンだけど、あれはアシストとは呼べないだろ。偶然、前に蹴ったら、てらやま君につながったんじゃないのか」

「でも、しゅうとは『アシスト、サンキュー』って言ってくれたよ」

無邪気に笑う勇翔に向かって、それ以上否定する気にはなれなかった。どうもこいつは、なにごとも自分の都合がいいほうに解釈する傾向が強い。ある意味ではポジティブと言えなくもないが……。

「ところで、スクールに入る気ないか？」

「スクール？　なんの？」

「なんのって、サッカーに決まってるだろ。バンビーノのスクールだよ。入ってないの、おまえとツバサだけって聞いたぞ」

「火曜日は英語だからね」

「それは知ってる。けど、木曜日は行けるだろ？」

「でも、行けるのは一日だけになっちゃうよ。お金がもったいないでしょ」

聡子のような口のきき方だ。

「たしかに、週二回分の料金を取られるわけだからな」

「それに木曜日もサッカーになっちゃうと、月、水、金しか友だちと遊べなくなるしね」

三日も遊べりゃじゅうぶんだろ、と言いたくなったが、黙っていた。そもそもサッカーだって、やりたくてやっているのだろうに、どうもそこらへんの思考がよくわからない。

サッカーが上達するためには、言うまでもなく勇翔自身が練習するしかない。しかも効率のよい練習を心がけることも大切なはずだ。ただでさえ勇翔は同世代の子に後れをとっているわけだし。

「おまえの夢はプロのサッカー選手。そうだよな？」

もう一度確認すると、勇翔はうなずいた。

「それはよくわかった。でも、将来の目標だよな。だとすれば、もう少し近くの目標を立てるべきじゃないか」

「近くの目標？」

「そうだ。たとえば今年。あるいはもっと短く、一ヶ月ごとに立てるとか？」

「ふーん、それもそうだね」

勇翔は天井を見上げた。

「おまえの場合、まずは基本からだな」

暗に基本をスクールで学ぶよう勧めたつもりだった。

「うん、考えてみるよ。まずは自分で練習することに決めたから」

勇翔はのぼせたのか、先に上がると言ってバスルームから出て行こうとした。

――今日はこの辺にしておくか。

拓也は様子を見ることにした。

「ほら、勇翔。からだに付いた滴《しずく》をちゃんと手で切ってから出なさい。だからおまえが使ったバスタオルはびしょびしょになるんだぞ」

拓也の言葉に、勇翔はきまり悪そうに首をすくませた。


「やっぱりすごいね、将吾は」

青芝から聞いた話を拓也がすると、聡子は感心した様子で何度もうなずいた。めずらしく缶酎ハイを手にしている。聡子が自分から酒を飲むときは、気分がよいときの場合が多い。

「そんなことより、スクールだよ」

「でも、自分で練習するって言ってるんでしょ。だったらいいじゃない。スクールは無料《タダ》じゃないんだし」

「そうは言うけどさ」

「なんだかずるいよね、そういうの」

「なにが？」

「だってそうじゃない。そんなのフェアじゃないよ。お金があって、たくさんスクールに通える子がうまくなるに決まってる。本来スポーツって、フェアを重んじるんじゃないの？」

「それを言ったら、勉強だって同じだろ。金のある家の子はいくつも塾に行けるし、家庭教師だって頼めるんだ」

「だから言ってんの。そんなの人を出し抜こうとしてるだけ。なんだか好きになれないよ」

今夜の聡子は妙に強気だ。酔っているのかもしれない。

もちろん聡子の言い分もわかる。言ってみれば切りがない。サッカーばかりでいいのか、という問題ももちろんある。

「わたしね、うれしいの」

「うれしい？」

「だって勇翔ね、このあいだセレクションの一次で落ちて、ひどく落ち込んでたじゃない。

でも、ここへきてやる気にもなったみたい。金曜日、学校から帰って来たら、すぐにボールを持って出かけたの。どこへ行ったのかと思ったら、買い物に行くときに公園で見かけてさ。ひとりで練習してたよ」

「へえー」

「それから家に帰って来て、ねえママ、新しいノート、ノートってせっつくの。どうしたのって聞いたら、ぼくって忘れっぽいでしょって困ったような顔で言うわけ。ノートをなにに使うのかと思えば、日記をつけるって。目を輝かせて、サッカーの日記だよって言うのよ。それで、渡したそのノートがどうなったのか、さっき部屋へ行ってのぞいてきた。そしたら勇翔の机の一番下の引き出しに入ってた。あの子も、自分なりに考えているんだなぁーって思ったよ」

聡子は気持ちよさそうに缶酎ハイを傾けた。

「勇翔のやつ、そんなことはじめたのか?」

「それが笑っちゃうのよ……」

「そんなにおもしろいわけ?」

「まあ、見てきてごらん」

拓也はリビングを出て、寝室の隣にある子供部屋へ向かった。暗がりの部屋には、恵里と勇翔の机が並んでいる。恵里の机は整理整頓されているが、勇翔の机は散らかっていた。

「ひどいな、こりゃ」

拓也はつぶやいて、カードやフィギュアが散乱した机の一番下の引き出しを開けた。ノートはすぐに見つかった。

B5サイズのなんの変哲もないノートだ。おそらく百円ショップで買ったのだろう。それほど厚みはない。

ノートを散らかった机の上に置き、スタンドの明かりをつけた。表紙には黒いマジックのへたくそな文字が躍っている。まぎれもなく勇翔の字だ。

拓也はその文字をゆっくり声に出して読んでみた。

「ここからはじまる」

どうやらそれが、勇翔のサッカー日記のタイトルのようだ。

2月25日（土よう日）エスペランサけいようセレクション
今日はチャンスの一日なのになにもできなかった。
セレクションをうけた三年生のなかでじぶんが一ばんへたくそだった。

気もちでもまけていた。
足もおそい。
それをみとめなくてはいけない。

ぼくのゆめはサッカーせんしゅ。
だからせっきょくてきにボールに行かなくてはいけない。
気もちを強くもたなくてはいけない。
もっと走らなくてはいけない。
ちょっとやそっとのことではなかないようにしなくてはいけない。
くやしかった気もちをわすれてはいけない。
父さんはいった。
ぼくのサッカーは、ここからはじまる。

3

校庭のソメイヨシノはすべての花びらを散らし、一年のなかで一度だけ注目を集めるその役まわりをすでに終えていた。あっけなく、そして潔《いさぎよ》く。

拓也は練習を見学したあと、勇翔を車の助手席に乗せ、郊外にあるショッピングモールへ向かった。なにを買いに行くのかは内緒にしておいた。

ショッピングモールにある大型のスポーツショップのなかに入った勇翔は、きょろきょろとあたりを見まわしている。試合中も、それくらい首を振って周囲を確認できればいいのだが……。

サッカーのジュニア用品コーナーの一角に足を運んだ拓也は、腕組みをすると言った。

「さあ、好きなのを選べ」

「え？」

眼をまるくした勇翔の前の壁面には、色とりどりのスパイクがずらりと展示販売されている。最新の機能を搭載したニューモデルの数々。海外で活躍する選手が使うスパイクは顔写真入りで紹介されている。

「おまえがこれから本気でがんばるなら、父さん買ってやる」

「ほんとに？」

「ああ、ただし、……六千円以内」

聡子には五千円までと言われていた。だが勇翔にとって生まれて初めて履くスパイクだ。

超過分は、自分の小遣いでなんとかすればいい。

おずおずと前に出て、勇翔はスパイクをじっと眺めた。

「気に入ったのが見つかったら、手に取って履いてみろ」

「うん！」

勇翔の顔がほころんだ。

うれしそうな表情を見て、心がなごんだ。拓也が見たいのは、そういう顔だった。

ブルーのスパイクを手にした勇翔の動きが止まったとき、拓也はジーンズのポケットから黄色のストッキングを引っぱり出した。

「なんで？　これ、ぼくのじゃん」

「いいか、スパイクを買うときは、必ずストッキングを履いた上で、自分の足に合ってるかたしかめるんだ。ストッキングは普通の靴下よりぶあついからな」

「へー、なるほどね」

「よくおぼえておけ」

拓也の言葉に、勇翔はうなずいた。

売り場に用意されたベンチに腰掛け試着をした。

「どうだ？」

拓也は勇翔の前にしゃがみ、靴のつま先を親指で押してみた。わずかに隙間《すきま》がある。

「うん、いい感じ」

「両方履いて、ちょっと動いてみろ」

勇翔はつま先で床をトントン叩《たた》いてから、売り場を歩いた。

「どこも当たらないか？」

「うん、だいじょうぶ。すごくいい感じ」

こっちを向いてにっこりした。

「色はそれでいいのか。チームカラーのイエローとか、オレンジとか、別な色もあるぞ」

「いいよ、目立っちゃうから」

「なんで？　目立ったほうがいいだろ」

笑いかけたあと、勇翔のサッカーの現状を思い出し、それもそうだな、と拓也は口をつぐんだ。へたくそがへたに派手なスパイクを履くのは考えものだ。けれど近い将来、だれにも気兼ねせずにスパイクの色を選べる日がきっとくる。値札をめくると五千八百円だった。

「これがいい！」

「よし、じゃあこれにしよう。記念すべきスパイク第一号だ」

「ありがとう。名前をつけて大事にするよ」

「え、名前？」

「うん。そのほうが親しみがわくし、大切にできるでしょ」

拓也は首をかしげたくなったが、「まあ、好きにしろ」とこたえ、ほかに必要なものがないか、売り場をひとまわりした。拓也がサッカーをやっていた頃とは比べものにならないくらい、さまざまな、そして色とりどりの道具が揃《そろ》っていた。

帰りの車のなかで、チームの子でだれがスパイクを履いているのか聞いてみた。

「みんな履いてるよ」

「ツバサも？」

「うん」

「そうか、父さん気づかなかったよ。なんで言わなかったんだ？」

「だって……」

勇翔は口ごもった。

「だって、なんだよ？」

「ぼくのサッカーは、すごくお金がかかってるって、前に聞いたから」

「そんなこと気にしてたのか？」

「そりゃあ、こういうご時世だからね」

似つかわしくないせりふに、拓也は苦笑した。

「新四年生チームはどうだ？」

「二人入って、十四人に増えた」

どうやらチームのエースは、エスペランサ京葉のセレクションには合格しなかったようだ。その後、将吾は以前と変わりなく、バンビーノの練習に参加している。父の青芝とは会って話す機会がなく、詳しい顚末《てんまつ》は聞いていない。

「それで、その新しく入った二人は、どうなの？」

「サッカーやってる子だよ。スクールに来てるって大介が言ってた」

勇翔はスパイクの包みを大切そうに膝《ひざ》に置いていた。

六月中旬から四年生の県大会がはじまる。思惑通りメンバーが増えて、大介パパはさぞ喜んでいるだろう。勇翔にとっては、新たなライバルの出現だ。

気になっている自主練の様子を尋ねると、「やってるよ」とだけ勇翔はこたえた。

勇翔はスクールには入らず、放課後、自分で練習を続けているというが、その内容が気になっていた。会社は決算、そして新年度を迎え、このところ忙しい上に、同じ部署に配属された新入社員の教育係を上司の小田切から任されてしまった。勇翔のサッカーは休日にしか見てやれていない。

「近くの目標は、決めたのか？」

「まずはチームでレギュラーをとる」

「いつまでに？」

「次の大会」

いつになくハキハキと勇翔はこたえた。

「ところでおまえって、リフティング何回できるの？」

目標は必ず数値化すべしという小田切の口癖を思い出したのだ。

「今は三十回くらいかな」

「あいまいだな。はっきりしろよ。自分の最高記録くらい、ちゃんと把握しとけ。で、今後の目標は？」

「大会までに百回」

力強い言葉に、拓也は満足してうなずいた。

「三十回できるなら、今日買ったスパイクでやれば百回なんてすぐだ。目標達成したら、ご褒美《ほうび》だな」

拓也はつい口を滑らせた。

新学年にあわせて入団した新メンバーの二人については、聡子から詳しく話を聞いた。

関西から引っ越してきた小柄なハヤトは、前のチームではミッドフィルダー。バンビーノのスクールに通いながら、サッカークラブを探していたらしい。性格は無口でクール。どうやら関西弁が出てしまうのが恥ずかしいらしい。

「うまいんだろうね」

聡子がなにげなく言うと、「フツーだね」と銀河ママはこたえたそうだ。歯に衣着《きぬ》せぬタイプの彼女は、六年生の長男も同じくバンビーノに所属しており、情報通だ。聡子はなにかと頼りにしている。

そしてもうひとりは、ジュンノスケ。名前が長いせいか、仲間からは「ジュン」と呼ばれている。銀河ママの話では、彼が期待の新人らしい。

「『リトルブルー』に所属してたんだって」と聡子。

「そのチーム名、聞いたことあるな」

「海の近くにホームグラウンドがある強豪クラブ。大会では上位進出の常連らしい」

「なんでそんなとこから、ウチにくるわけ？」

小学生年代の移籍というのは、レベルの低いチームから高いチームへ移るものだとばかり拓也は思っていた。

「リトルブルーは人数が多いから、ふたつのチームで大会に参加してるらしい。チーム名はそうはなってないけど、実際には主力組のＡチームと、サブ組のＢチームがあって、ジュンノスケはどうやらＢチームだったようだね。そうは言っても、からだは大きいし、テクニックもあるみたい。リトルブルーでは、Ａチームで出られないのが不満だったんじゃないかな」

「不満？」

思わず拓也は言った。「だれの？」

チームを変わるなんてのは一大事で、子供の発想ではないはずだ。なんとなく、親の意向のような気がした。

「さあ、どうかな。ポジションはフォワードだって」

「フォワードか……」

となれば、将吾とツートップを組むことになる。レギュラーをとれると見込んでの移籍にちがいない。

「このあいだ、勇翔を送ったときに、大介パパがジュンノスケ君のお父さんを紹介してくれた。太ってたけど、いかにもサッカーやってましたっていう口振りだったな。スクールに通ってたから、すぐにチームに馴染《なじ》めるって自信満々でさ」

次々と現れる勇翔のライバル。しかも強敵らしいことに、内心穏やかではなかったが、拓也は平静を装《よそお》った。ほかの子を気にしても仕方ない、と思う反面、やはり気になる。しかし、問題は勇翔自身だ。

「あいつ、自主練のほう、がんばってるのかな」

「学校から帰るとボールを持って出かけるよ。最近はツバサも一緒なんじゃないかな」

聡子が明るくこたえた。

「ツバサも？」

「うん、そうだけど」

エスペランサ京葉のセレクションに落ちてから、早いもので二ヶ月が過ぎようとしている。そろそろ自主練の成果が現れてもいい頃だ。

拓也はリビングを出て、狭い廊下を子供部屋へと向かった。寝室の隣のドアを開け、手探りで勇翔の机の椅子《いす》に座り、スタンドの明かりをつけた。机の上は相変わらずの散らかりようだ。

スパイクの空き箱のなかに、たくさんのカードと一緒に、くしゃくしゃになった算数のテストの答案用紙があった。しわをのばすと、八十七点だった。やるじゃないか。学校の成績はまずまず良いようで、そちらはあまり心配する必要はなさそうだ。

机の一番下の引き出しを開けると、あのノートがあった。

〝ここからはじまる〟と書かれた表紙をそっと開いてみる。


父さんはいった。

ぼくのサッカーは、ここからはじまる。


以前読んだ書き込みがあるだけで、あとは白紙だった。

拓也はその空白をしばらくのあいだじっと見つめていた。

＊

金曜日、仕事中には滅多に連絡してこない聡子から、残業中にメールが届いた。

なにごとかと思い開いてみれば、〝お疲れさまです。本日、勇翔のリフティング、最高記録百十二回。目標達成！〟とあった。

思わず「よし！」とデスクで声を出した。新人の後藤《ごとう》が眠たげな顔をもたげ、目が合った。

「ウチの息子、今日、リフティングで最高記録出したんだ、百十二回」

拓也は喜びを抑えきれず口にした。

「たしか、サッカーやってるんですよね。それってすごいわけですか？」

「四年生になったばかりだからな。後藤は、なにかスポーツやってた？」

「履歴書読んでくれてないんですか？　自分、文化系なもんで」

後藤は興味なさそうにあくびを嚙《か》み殺した。

――勇翔のやつ、やればできるじゃないか。

今朝話をしたときは、もう少し時間がかかりそうな様子だったから、余計にうれしかった。目の前に立ちこめていた霧が一気に晴れた気分だ。小田切課長の考えを取り入れたのは正解だった。

今はうだつが上がらない後藤だって、根気よく数字を求めれば一人前に育っていくはずだ。うれしくなって、もう一度聡子のメールを読み返してから返信した。

〝さすが、我が息子。ご褒美はなにがいいか聞いておいて。〟

「そろそろ、あがりにするか」

気分がよくなって声をかけると、「そうっすね」と青白い後藤の顔がゆるんだ。

「飲みにでもいくか？」

拓也が誘うと、「今日はやめときます」といつもの返事だった。

――コイツ、こんな調子で営業が務まるんだろうか……。

そう思いつつ、さっさと帰ることにした。


ゴールデンウイークは最初の土曜日に出勤して、日曜日のホームグラウンドでの練習試合を見に行った。新メンバーが入ってから、初めての試合だ。

拓也がグラウンドに到着したとき、選手たちが整列し、今まさに試合がはじまろうとしていた。いつもの定位置である銀杏《いちょう》のそばで腕を組むと、近くに夫婦らしき二人連れがやってきた。

暖かくなったせいか、観戦者の数が増えている。バンビーノの保護者の多くは、コーチと控え選手が陣取るベンチ近くに集まっていた。いつもならビデオ撮影に余念がない青芝の姿は、この日も見当たらなかった。

第一試合、勇翔は右サイドバックで先発出場した。拓也の立っている側のポジションだから、背番号68の勇翔の動きはよく見えるはずだ。

――よし、チャンスだぞ。

拓也の期待がふくらんだ。なんとかここでレギュラー獲《と》りのアピールになるプレーを見せてほしかった。

試合開始三分、力のないシュートをキャッチした敵のゴールキーパーがすばやくパントキックを蹴った。そのボールが風に乗り、買い与えたスパイクを履いた勇翔の前に飛んでくる。

――かぶるなよ。

祈った瞬間、ボールが地面で大きくはね、勇翔の頭上を越える。

――なんで？

思わず目を覆《おお》いたくなる。目測を誤ったのだろうか。後ろ向きに下がった勇翔はひっくり返りそうになるが、なんとかこらえた。

味方キーパーが飛びだし、ボールをタッチラインの外に蹴り出し、ことなきを得る。

拓也は安堵《あんど》のため息をそっと漏らした。

「勇翔、落ち着いて」

キャプテンの大介から声がかかり、勇翔はわずかにうなずいたように見えた。

今の場面、勇翔は下がるのではなく、前に出てヘディングするべきだった。ボールの落下点をとらえきれなかったのだろうか。

――それとも……。

いやな予感は的中してしまった。しばらくして、また同じようなボールが勇翔のポジションを襲った。弾んだボールをヘディングでクリアすると思いきや、勇翔は両手で頭をかばうようにして首をすくめた。

拓也には一瞬、なにが起きたのかわからなかった。埃《ほこり》でも目に入ったのかと思ったが、そんなはずはない。グラウンドを囲んだ観戦者から笑いが漏れた。

「ゆうと、しっかり！」

髪の毛を後ろで結んだ千夏の声に苛立《いらだ》ちがにじんだ。

——あいつ、逃げやがった。

心のなかで舌打ちしたとき、後ろに立った二人連れの会話が聞こえてきた。

「うわっ、あれじゃあ駄目だ」

「怖いのかしら」

「サッカーやるのにボールが怖くちゃ、話にならないよ」

男が呆れ、声に出して笑った。

ずいぶん辛辣《しんらつ》なもの言いだと顔をしかめたくなったが、ふり返ったりはしなかった。

その後も勇翔の危なっかしいプレーが続いた。最初のミスで浮き足立ち、いつまでも尾を引いている様子だ。一度狂いだした歯車を修正するだけの技量も度量も、残念ながら今の勇翔にはなさそうだ。

右サイドが穴だと判断したのか、敵の10番がドリブルで切り込んでくる。10番がボールを蹴ろうと踏み込んだそのとき、勇翔は顔をそむけてしまう。しかしそれは蹴ると見せかけたキックフェイントで、10番は右足で切り返し、びびった勇翔をやすやすと抜き去りゴールに迫る。もどった大介がスライディングでクリアして敵のコーナーキックに逃れた。

勇翔はなにが起きたのかも理解していない様子で、きょとんとしている。

「だいじょうぶかよ、あの68番」

「やめなよ、本人は一所懸命なんだから」

女が声をひそめた。

「そうは言っても、イタすぎだろ」

またしても男は笑った。

拓也は唇を噛んだ。息子の不甲斐《ふがい》ないプレーの連続に苛立った。後ろの二人連れの会話が怒りの炎に油を注いだのは言うまでもない。よっぽど顔を見てやろうかと思ったが、我慢した。68番の父親であると悟られかねない。

敵のコーナーキックがそれたところで前半が終了。ほっと胸をなでおろした。

勇翔はうなだれてベンチへもどった。

残念ながら勇翔の成長を感じることはできなかった。それどころか、サッカーをする上で致命的な弱点を新たに発見してしまった。それは勇翔が伸び悩んでいる、最大の原因でもあるような気がした。

後半も同じ場所で拓也は観戦したが、案の定、勇翔はベンチに引っ込んだ。

「出てきた、出てきた」

後ろで女がうれしそうな声を上げた。

「当然でしょ。いよいよエースの登場だ」

男が軽口で応じる。

「将吾君とツートップだね」

どうやら後ろの二人連れは、新しくチームに加わった背番号11番の親らしい。11番はチームで一番背が高い将吾と同じくらいの背格好だ。おそらく彼が期待の新人、ジュンノスケなのだろう。遠目に見ても、いかにもフォワード向きの勝ち気そうな面構《つらがま》えだ。

そのとき、ふと気づいた。

新入りにしちゃあ、ずいぶん良い番号をもらっている。

ベンチには、勇翔の68番だけでなく、重たい番号が並んでいた。勇翔同様ベンチに引っ込んだミツルは54番、まだ出場を許されないツバサに至っては79番だ。それに比べてピッチに立ち続けている大介は10番、将吾は9番、銀河は7番……。

背番号はコーチが決めるという話は聞いていない。しかし偶然とは思えない。だとすれば背番号の呪《のろ》いだろうか……。あるいはべつの事情があるのかもしれない。青芝がここにいたなら、ぜひ質問したかった。

しかし試合がはじまると、それどころではなくなった。後ろの二人連れのテンションが上がり、ひどく騒がしい。

チームを応援するのならわかる。でも、サポートとはちがう気がした。自分の息子の名前を連呼しながら、二人でさかんに指示を出している。

「よし、ジュンノスケ、そこでターン！」

「フリーだからね、ジュンくん。ドリブル。そう、自分で行くんだよ」

「ジュンノスケ、もっと前でボールをもらえ！　そこじゃない、もっと左！　もっと左！　よーしそこだ！」

──やれやれ、夏の砂浜でやるスイカ割りかよ。

拓也は心のなかであざ笑った。

近くで聞いていて、正直気持ちのいいものではなかった。男は思い通りにならないと興奮して怒鳴る場面もあった。ジュンノスケだけでなく、ほかの子供たちにも、その声は少なからず影響している気がした。

しかし、その甲斐あってなのか、ジュンノスケはゴールとアシストを決めた。

次の試合は場所を変え、ベンチとは反対サイドで観戦した。少々目立つかと思ったが、やかましい二人連れから離れたかった。

後半、再び勇翔は出場した。その試合を見て拓也は確信した。

――このままでは、やっぱり駄目だ。

自主練をしているという勇翔のことだ。


「あれ、草野じゃないか」

隣の車の運転席から声をかけられた。拓也は小学校の駐車場に停めた車の前で勇翔を待っていた。

声には聞き覚えがあった。試合中、自分の息子に指示を出し続けていた、あの声だ。

――えっ？

と思い、警戒しつつふり向いたら、太った中年男が窓から顔を出していた。

だれだかわからず困惑の表情を浮かべると、「おれだよ、若井《わかい》だよ」と二重顎《あご》で笑いかけられた。

若井という苗字《みょうじ》の知り合いはひとりしかいない。「てことは、真之介《しんのすけ》か？」

「そうだよ。なんでおまえがここに？」

それはこっちのせりふだと思いながら、二十数年前の記憶がよみがえってきた。目の前のふくらんだ男から、三分の一ほど空気を抜いた姿をイメージしてみた。

「思い出したか？」

「ああ、ずいぶん立派になったな」

体型に対する皮肉なのに、「いやあ、それほどでもないよ」と照れながら、若井は運転席から降りてきた。我が家の小豆色のダイハツ・タントの隣に停まっているのは、メタリックブルーのBMWだった。

若井真之介という男は、昔からそうだった。無遠慮でがさつでおしゃべり。誘ってもいないのに、いつのまにかほかの連中と一緒に拓也の部屋に上がり込み、本棚から勝手にマンガを取り出して読んでいる。しばらくすると「なんか腹減ってこねえ？」とか、「あー、のどがかわいた」などとぶしつけに催促する。そんな若井は高校時代のサッカー部のチームメイトだった。

「このあいだ、ジュンノスケと同じ学年のお母さんに、草野ですって挨拶《あいさつ》されて、もしやとは思ったんだ」

若井は肉厚の頬をゆるませた。

シンノスケの息子だから、ジュンノスケというわけか。安易な名前のつけ方しやがって。

「もしかして、グラウンドにいたのか？　気づかなかったな」

若井は首をかしげる。

おれはおまえの前に立って、聞きたくもないご託をずっと聞かされてたけどな——そう言ってやりたかった。

試合後のグラウンド整備が終わり、チームが解散して勇翔がやってきた。

「おう、68番。君が草野の息子だったのか。お疲れさん、よくがんばったな」

馴《な》れ馴れしい口調に、勇翔は戸惑っていた。

——さんざん、否定してたくせに。

思ったが、聞いていないふりをした。

「そういえば、おまえもヘディング得意じゃなかったもんな」

その言葉にはさすがにムッとした。ひとこと言ってやろうと身構えたそのとき、子供が足早に通り過ぎた。

「じゃあね、パパ」

背番号11番の新入りが、ふり返りざまに手を振った。

「ああ、ジュンノスケ、ナイスゴール！　またな」

若井は親指を突き立てた。

ジュンノスケは母親らしきさっきの女とイエローのフォルクスワーゲン・ゴルフに乗り込んだ。

「じゃあ、急ぐんで」

気勢をそがれた拓也は短いため息をつき、勇翔を車に乗せてドアを閉めた。

「よろしくね」

若井はまったく意に介さず、助手席の勇翔に両手を振った。

なぜ家族で一緒に帰らないのだろう。気になったが、シートベルトを素早く締めてエンジンをかけた。

若井のやつ、醜く太りやがって。自分だってあの頃より十キロは太っているものの思った。

拓也は、まだ車のそばにいる若井に片手で合図をして、車を出した。

「あの人、父さんの友だち？」

勇翔が小さな声を出した。

「とんでもない、ただの知り合い」

拓也は前を向いたままこたえた。

そんなことより、勇翔に今すぐに伝えたいことがあった。

高校のサッカー部時代、若井は今より二十キロは痩《や》せていただろう。三年生のとき、拓也は若井とポジション争いをしていた。今で言うボランチ。当時はディフェンシブハーフと呼ばれるポジションだった。二人ともレギュラーとしての、いわば当落線上に立たされていた。

とはいえ、お互い持ち味はちがった。拓也はパスによるゲームメイクに自信があり、若井はからだを張ったディフェンスに定評があった。性格も対照的だった気がする。拓也は熱いものを内に秘め、表に出すタイプではなかった。若井は闘志をむき出しにして、よく声を上げる選手だった。危ない場面ではファウルで敵の攻撃を阻止した。イエローカードをもらうのもへっちゃらで、チームのなかでは「つぶし屋」と冗談半分で呼ばれていた。

最後の夏、レギュラーポジションをつかんだのは、拓也ではなく、若井のほうだった。

夕暮れが近づいているせいか、市民の森のなかにある児童公園には、遊んでいる子供の姿はなかった。日中は暖かかったが、森を渡ってくる風は素肌には少し冷たく感じた。砂場のへりにだれかの忘れた赤いシャベルがぽつんと残されていた。

公園のフェンスの前に勇翔を立たせ、拓也はボールを自分の足もとに置いた。どういう伝え方がいいのか考えた末、近所にあるこの場所に車で立ち寄った。勇翔には口で言っても伝わらない気がしたからだ。

自分の前に立った黄色いユニフォーム姿の勇翔は、寒いのか、それとも不安なのか、身を硬くしてこちらを見ている。

「なんで、ここに来たかわかるか？」

声をかけると、首を横に振った。

「父さんな、今日、試合を見ていてとても悔しかった」

拓也は自分の気持ちを素直に口にした。「なぜだかわかるか？」

勇翔は観念したように、コクリとうなずいてこたえた。「ぼくが、――だめだったから」

「どういうふうに、駄目だったと思う？」

「攻められなかったし、守りのときにミスをしました」

薄く開いた唇が落ち着きなく動いた。

「いいか、勇翔。父さんはミスをしたから、怒ってるんじゃないぞ。そうじゃなくて、おまえが今日、何度もボールを怖がったからだ」

拓也の言葉に、勇翔は気をつけの姿勢をとった。

「怖がってたよな？」

「……はい」

消え入りそうな声がした。

「おまえがボールを怖がるたびに、見ている人は笑ってたぞ」

拓也は、若井の下卑た笑い声を思い出した。

「ごめんなさい」

「おまえが父さんに謝る必要はない。ただ、父さんは悔しかった。おまえは笑われたままで、いいのか？」

勇翔は唇を噛みしめ、上目遣いになった。

風が不意に強くなり、森の木々の梢《こずえ》を揺らした。公園を囲んだ背の高いクスノキ、その緑の隙間に見える空に、灰色の雲がかかっていた。

「ボールが当たると、そんなに痛いか？」

「痛いときは……」

言葉がつながらない。

「我慢できないほど、痛かったときがあるか？」

勇翔はちょっと首をかしげてみせる。

「少しくらい痛いのと、笑われるのと、どっちがいい？」

考えたあと、「少しくらいなら、笑われないほう」とこたえた。そのあとで、からだのどこかに痛みが走ったかのように、顔をしかめた。

「じゃあ、今から父さんがこのボールを蹴る。自分のからだで止めてみろ。ボールが当たったら、どれくらい痛いのか覚えておけ」

勇翔の眉毛《まゆげ》が八の字になる。ツバをゴクリと呑《の》み込み、うなずいた。

拓也は八メートルくらい離れた位置に立ち、勇翔を見た。

「いいか、いくぞ？」

勇翔は黙って顎を引いた。

ウォーキングシューズで蹴ったボールは、ノーバウンドで勇翔に向かい、腿《もも》の外側に当たった。勇翔がからだをねじったせいだ。

「よけるな！」

拓也が叫ぶ。

声には出さなかったが、勇翔の顔には「イテッ」と書いてあった。

今度はからだに当たらないように、けれど力を込めて蹴った。

勢いよくフェンスに当たったボールは、大きな衝撃音を残し、拓也の横にはね返ってきた。

「どうした、怖いか？」

勇翔が大袈裟《おおげさ》に首を横に振る。

——こんなやり方は、まちがっているだろうか。

自分に問いかけてみる。

でも、これぐらいやらなければ、勇翔は変われない。

こいつのためだ、そう自分に言い聞かせながら、拓也はボールを蹴り続けた。

「目をつぶるな！」

「どうだ、どれくらい痛い？」

「後ろにそらすな」

「しっかりボールを見ろ！」

勇翔の表情は見る見るうちに曇り、目が線のように細くなった。一球一球、蹴られるたびに、からだがこわばるのがわかった。脛《すね》に、腿に、腕に、そして薄い胸にボールが当たった。手をつき、ひざまずき、立ち上がる。泣きそうになりながら、じっとその場でこらえていた。

拓也は上着を脱ぎ、近くのベンチにかけた。

「よし、じゃあ交代だ。今度はおまえが蹴る番だ」

最初からそうしようと考えていたわけではなかった。単なる思いつきだが、そうすることでわかってほしかった。

さっきより少し近い位置に勇翔を立たせ、自分に向かってボールを蹴らせた。

右足のインステップで蹴った勇翔のボールは、遠慮しているのか、簡単にトラップできてしまう。

「なんだよ。よわっちくて、ボールにハエがとまるぞ」

挑発すると、勇翔は歯を食いしばるようにしてボールを強く蹴った。やさしい勇翔は、怒って見えるような表情をわざとつくっている。その精一杯のこわい顔は、どこか悲しげでもあった。

勇翔の蹴ったすべてのボールを、拓也は自分のからだで受け止めた。ちっとも痛くなんかない、という涼しい顔をして。

しかし最後の一球は腿でトラップしようとして目測を誤り、まともに股間《こかん》に命中した。歯を食いしばってこらえたが、その場にうずくまった。

「だいじょうぶ？」

「……だいじょうぶ。笑われるくらいなら、父さんはこっちのほうがいい。おまえは、どうなんだ？」

拓也のもみあげから汗が流れた。

顔を上げると、すぐ近くに勇翔のすまなそうな瞳《ひとみ》があった。

「もう逃げないよ」

勇翔の小さい声がした。

「ほんとか？」

「ほんとです」

そう簡単なことじゃないのは、拓也にはわかっていた。プロの選手だって、プレー中にボールから思わず顔をそむける場面はある。敵のキックフェイントに身を縮める。

「いいか、試合中は集中してボールをよく見ろ。そうすれば、良い判断ができるから。準備してさえいれば、ボールが当たったって、そんなに痛くはない。最初から逃げてちゃ駄目だ」

「――わかった」

「それからもうひとつ」

拓也は言うことにした。「おまえ、リフティングが百十二回できたそうだな。ママから聞いたよ」

「――うん」

「おめでとう、ご褒美をやろう。なにがいい？」

「いいよ、まだ……」

勇翔は目をしょぼつかせ、視線を泳がせた。

「ちょっとここで、やってみせてくれ」

拓也はベンチに腰かけ、腕を組んで見つめた。

勇翔は広場のなかほどに立った。

「さあ、早く」

うながすと、右足でぎこちなくボールをすくい上げ、右足の甲でボールを蹴り上げた。ボールを落とさずにからだに当てた回数は、最初は八回。次は十八回。そして二十六回……。なかなか回数が伸びない。

勇翔はボールを地面に落とすたびに、首をひねってみせた。こんなはずじゃない、とでも言うように。

「どうした？」

声をかけると、「今日は調子が……」と言葉を詰まらせる。

「調子がどうなんだよ？」

「あまりよくないようで……」

他人《ひと》ごとのような口調だ。

「なんだそれ？」

その後、勇翔はやり方を変えて三十六回できた。ほとんど右と左の腿だけを使ってボールを弾ませた。

そんなやりかたでいくら回数を稼いでも、サッカーはうまくならない。百十二回というのは、どうやら嘘《うそ》だったようだ。自主練の中身をたしかめなかったことを、拓也は強く後悔した。

「おまえ、毎日ツバサとなにをしてた？」

「練習……」

「ほんとうにサッカーの練習してたのか？」

にらみつけると、「ときどき、ゲームもしました」とあっけなく白状した。

「ゲームって？」

「カードゲーム。ツバサからもらった」

「そうか、へたくそ同士でカードゲームで遊んでたってわけだ」

返事はなかった。

「おまえはもう忘れちまったんだな。セレクションに落ちて、泣きながら本気でサッカーやるって言った日のことを」

裏切られた気がして、拓也は強く息を吐いた。

「忘れてない」

いやいやをするように勇翔はからだをねじった。

拓也はベンチにかけた上着をつかみ、立ち上がって勇翔の前に立った。

「歯を食いしばれ」

意味がわからないのか、勇翔はただこちらを見ていた。

その頬を拓也は右手で張った。

冷たい音がして、手のひらが熱くなった。

「嘘つき！　やめちまえ、おまえみたいなよわむし！」

拓也は高ぶる感情を抑えきれず、歩きだした。

初めて嘘をつかれた。そのことが許せなかった。

「父さん……」

勇翔のか細い声がついてくる。「父さん……」

きびすを返した拓也は、勇翔の手にしたボールを奪って、森の奥に向かって思い切り蹴っ飛ばした。ボールは木々のあいだをかすめ、若葉を散らしながら、あっという間に見えなくなった。

「よわむし！」

拓也は後ろをふり向かずに森の小径《こみち》を急いだ。

どうしてこんなに苛立っているのか、自分でもわからなかった。

下草を蹴散らして歩いた。

——悔しかった。

若井の言葉を思い出していた。高校三年の夏、選手権を前にして拓也は自らサッカー部を辞めた。理由は、受験勉強に専念するため。監督は引き留めなかった。両親は賢明な選択だと歓迎した。

翌日の放課後、練習着姿の若井が教室の前で待ち伏せていた。

「結局、逃げんのか」

吐き捨てるように言った。

逃げたわけじゃない。おれは自分で決断したんだ。

そう思ったが、黙って横を通り過ぎた。

退部後、拓也はサッカーの時間をそのまま受験勉強に充《あ》てた。若井は選手権の決勝トーナメントにスタメンで出場したが、チームは県のベスト8であえなく敗れた。

翌春、拓也は第一志望の大学に合格した。秋まで戦ったサッカー部員の多くは、大学受験に失敗した。若井もそのひとりだった。

自分の判断は正しかった——ずっとそう考えるようにしてきた。

でも、今ならわかる。

自分は、あきらめたのだ。

まだボールが見つからないのだろうか。午後六時半をまわっても、勇翔は家に帰ってこなかった。

夕飯が近づき、聡子と恵里が心配しだした。

拓也が言うと、「あそこ、最近変質者が出たって噂《うわさ》だよ」と恵里が物騒な話を持ち出した。

「市民の森の公園で別れた」

夕方のニュースで、子供の自殺が増えていると報じていた。「子供は年齢が低いほど、大人にとってささいなことでも、あっけなく死を選ぶケースがあるようです」コメンテーターが神妙な顔をして、そう話していた。

――まさかな。

首を振ろうとして、肩のあたりがこわばった。

聡子が「見てくる」と言って、そそくさとエプロンを取った。

拓也は慌《あわ》てて、「おれが行く」とソファーから立ち上がった。靴箱の上に置いてある懐中電灯を握りしめ、急いで市民の森へ向かった。

道すがら、ひっぱたいたときの勇翔の顔を思い出した。黒いつぶらな瞳は、まるで空洞のように焦点が合っていなかった。森の奥に拓也がボールを蹴ったとき、勇翔はどんな思いがしただろう。想像してみたが、なぜか森の奥に消えていく小さな背中しか浮かんでこなかった。

傷つけたのはまちがいない。

このところ、サッカーのことで勇翔に求め続けていた。

たどり着いた森は、すでに深い闇《やみ》に溶け込み、まるで別の場所のように表情を変えていた。足を踏み入れた小径は、歩くたびに枯れた落ち葉を砕く足音が耳障《みみざわ》りなくらい大きく響いた。微《かす》かに見える空に星は見えず、月は雲のなかでじっとしている。懐中電灯で周囲を照らしてみたが、小さなボートから夜の海を照らすみたいに、どこも同じようにしか見えなかった。

頭上でざわめく葉擦れの音に混ざって、なにか聞こえないか耳を澄ました。死体が埋まっていそうな木の根もとを通るとき、腐葉土の匂《にお》いが鼻をついた。こんな孤独に、子供が耐えられるわけがない。

さっきまでいた公園にたどり着いたが、勇翔の姿はなかった。ひとつだけある電灯はちらついていて、ついたり消えたりを繰り返した。その下で一匹の蛾《が》が地面でのたうっている。

どこへ行ってしまったんだろう。胸騒ぎを覚え、鼓動が高鳴った。

「ゆうと」

暗い森に向かって声をかけた。

「ゆうと！」

もっと大きく呼んでみたが、返事はない。

ほんの少し前までは、自分のしたことはまちがっていないと信じていた。これくらいしなければ、勇翔は変われない。あいつのためなのだと思っていた。でも勇翔がどう受けとめるのか、そこまで考えることができなかった。

もう四年生になったといったって、たかだか九歳にすぎない。ボールを怖がるなと求めたところで、怖いものは怖いはずだ。ほかの子にできたとしても、勇翔にはもう少し時間が必要なのかもしれない。

――待つこともできたんじゃないか？

暗闇からだれかが問いかけてくる。

――嘘をついたのはなぜだ？

拓也は毎朝、「昨日は何回できた？」と朝食の席でリフティングの回数を尋ねた。その言葉がプレッシャーになったのかもしれない。あるいは残業続きで疲れていた自分を喜ばすために嘘をついたのではなかったか。

——友だちとカードゲームをしてなにが悪い？

友だちは大事にするように教えてきた。今の勇翔くらいの頃、自分だってカード集めに夢中になったじゃないか。

——なにかをつかむには、なにかを犠牲にしなければならない。そんな借り物の言葉を、子供に押しつけようとしたのは、だれだ？

——サッカー選手になりたい。

それはいったい、だれの夢だ？

拓也は息を切らしながら走った。

切り株に足を取られてころびそうになる。

落とした懐中電灯を拾い上げ、前のめりになって再び走り出す。

勇翔から奪ったボールを蹴ったあたりまで来たが、木々の黒い影しか見えなかった。子供のことで、こんなに不安になったのは初めてだ。

勇翔に会いたい。

今すぐ会いたい。

両手を前で組み、まともに祈ったことなどない神様に救いを求めた。

さまようように森の小径を進んでいくと、ぼんやりと白く見える場所が遠くに見えた。そこを目指して走った。運動不足のせいか、すでに息が上がっている。

やがて鈍い音が続けて聞こえてきた。音のするほうに近づいていくと、外灯が地面に光の円を描いていた。その光のなかで、勇翔がリフティングの練習をしていた。唇を結び、真剣な表情でボールを蹴り続けている。

不意にからだの力が抜け、木の幹に肩を預けて立ち止まった。

勇翔はボールを蹴りそこね、悔しそうな表情を浮かべた。ボールを拾おうとして拓也の姿に気づき、動きを止めた。

拓也は黙ったまま息子に歩み寄り、右手を差し出した。

戸惑いながら勇翔が右手をのばしたとき、その手をつかみ、引き寄せた。抱きしめると、リフティングをしていたせいか、からだは熱く火照《ほて》っていた。勇翔の汗のにおいを胸一杯に吸い込んだ。

「どうしたの？」という顔で勇翔が見上げてくる。

拓也は艶《つや》やかな髪を撫《な》でながら、「ボール、すぐに見つかったか？」と尋ねた。

「うん、わりとね」

勇翔はあっけらかんとこたえた。

「ごめんな、あんなことして。父さん、言いすぎたよ。それに、ぶったりしてわるかった」

勇翔はなにも言わなかった。

「寒くないか？」

「うん、へいき」

拓也の腕をふりほどいて、勇翔は練習を続けようとした。

右足のつま先でボールをすくい上げ、ボールを右足の甲で弾ませる。声を出さずに数えたが、二十八回でボールは地面に落ちてしまった。悔しそうに首を振り、ボールを拾い上げ、またはじめる。

「なあ、みんな待ってるから、お家《うち》に帰ろう」

拓也の説得に、勇翔は「あと一回」を繰り返した。

拓也はケータイで家に連絡を入れた。勇翔の様子を聞いた聡子は、安堵のため息をついたあと、「さっさと帰ってきてね」と強い口調で返してきた。

そして「本当の最後の一回」のチャレンジが終わったとき、勇翔はうつむいて「嘘をついてごめんなさい」と口にした。

「いいよ、もう。おまえのついた嘘が、嘘じゃなくなるように、またがんばればいいさ」

拓也の言葉に、勇翔は顎を引いた。

「さあ、帰ろう。母さんも恵里も待ってるよ」

「そうだね、ぼくもうお腹ぺこぺこ」

勇翔の顔がとろんとした。

二人で手をつなぎ、夕飯のおかずを予想し合いながら、来た道へと急いだ。握った勇翔の手は温かく、しっとりと汗ばんでいた。さっきまで不気味に映った暗い道も、勇翔と二人なら少しも怖くなかった。森の奥からキジバトが低く鳴く声が聞こえ、やがて森の出口の明かりが見えてきた。

*

ゴールデンウイーク明けの出勤日、拓也は営業車での外回りの途中、郊外にあるスポーツショップに立ち寄った。自分用のスパイク、トレーニングの目印に使う、頭を切った円錐《えんすい》のかたちをしたマーカーコーンを購入した。ただしスパイクは、壁面に飾られたニューモデルではなく、ワゴンセールの型落ちで我慢した。

さらにその足で書店へ行き、ジュニア年代におけるサッカーのトレーニング方法の本を買い、会社にもどった。

拓也の鞄《かばん》がふくらんでいるのをめざとく見つけた新人の後藤に、「なに買ってきたんですか？」と問われた。

「あ、これね。息子のサッカーのスパイク」と嘘をついた。


勇翔の頰を張った夜、その日起きたことを拓也は妻に打ち明けた。

「私も勇翔にはサッカーがうまくなってほしいし、強くなってほしい。でも、ただ単に求めるだけじゃ、かわいそうだし、変われない。ねえ、どうすればいいと思う」

聡子は表情を曇らせ、勇翔のサッカーの今後について拓也に質《ただ》した。

「やっぱりスクールかな」

その話を持ち出すと、聡子にぴしゃりと言われた。

「だったら、あなたが教えればいいじゃない。サッカーやってたんでしょ」

――たしかにその通りだ。

そのあと、ジュンノスケの父が高校時代のサッカーのライバルだった話をした。

「じゃあ、なおさら負けられないね、あのふとっちょにもジュンノスケにも。最初に会ったときの上から目線、なんだかいやな感じだったんだよな」

聡子がめずらしく熱くなった。

「まあ、昔の話だし、勇翔は勇翔だからさ」

拓也は慌ててなだめた。

自分はなにもせず、ただ批判や批評をくり返すだけではたしかに能がない。どこまでできるかはわからないが、勇翔と練習をはじめよう。

その件を本人に持ちかけたところ、「いいね」と喜んでくれた。

まずは平日の週三日、四十分早起きをして、市民の森の公園でトレーニングをする。週末は可能な限り、自主練の時間をつくり、見てやることにした。青芝の言っていたように、自分も息子のサッカーのために勉強する覚悟を決めた。


寝る前に子供部屋のドアを開けると、散らかっていた勇翔の机の上がかたづけられていた。たくさんあったカードは、どこかにしまい込んだようで一枚も見当たらない。

拓也は机の一番下の引き出しから例のノートを取り出して開いた。日記には新しい書き込みがあった。

4月29日（日よう日）練習じあい

今日ぼくは父さんに買ってもらったブルーサンダー（スパイク）をはいてしあいに出た。でも高く上がったボールがくるとにげてしまった。そしてわらわれてしまった。

しあいのあと父さんとしみんの森の公園で練習した。父さんはぼくにむかってちからいっぱいボールをけった。ぼくがしあいでボールをこわがったからだ。ぼくはよけずにボールにむかっていった。いたかったけど、いたくなかった。

それからリフティングのことでぶたれた。ぼくがうそをついたからだ。

こんどからはボールをこわがらない。

わらわれない。

うそをつかない。

もくひょう

つぎの大会までにレギュラーになる。

リフティング　１００回→１１２回。

「ねえ六時だよ、起きて」

勇翔の声がした。

昨日の酒が残っているのか、頭がくらくらする。

勇翔はすでに練習着に着替えていた。拓也は起きてすぐにトレーニングに行けるよう最近ジャージで寝ている。

公園までジョギングし、にぎやかな雀《すずめ》の鳴き声を聞きながらウォーミングアップ。そして今日のメニューに移る。

四十分早起きしての朝の練習は、拓也にとって正直きつかった。曜日を決めていたものの、残業や接待、付き合いなどで帰宅が深夜になる日もあり、睡眠時間がどうしても不足がちになる。それでもはじめて一ヶ月が過ぎたが、休んだ日は一度もない。勇翔は規則正しく九時には寝る習慣を身につけた。拓也も以前ほど夜更《よふ》かししなくなった。

朝の練習では、基礎から徹底的にやり直すことにした。スポーツショップで買った黄色いマーカーコーンを置いての8の字ドリブル。向かい合ってのトラップとパス。走るフォームのチェックと矯正。今さらクラブのスクールでもやらないようなメニューに取り組んだ。

ボールを怖がらなくなるためのトレーニングは拓也自身で考案した。まずは自分で、自分のからだに軽くボールをぶつける。自分の頭や胸や肩、腿や膝や脛にボールを当て、どこに当たれば、どれくらい痛いのか感じとる。同時にボールがどう弾むのかもわかってくる。

ヘディングの練習は空気を少し抜いたボールを使った。そのボールを自分で上に放り、最初は両手でキャッチする。手はなるべく額の前に置く。ボールの落下点にすばやく入れるようになったら、今度は手ではなく、額でボールをとらえる。やらされるのではなく、自分でやる方法をとった。

リフティングは回数ばかりに囚《とら》われず、利《き》き足の右足だけでなく――もちろん腿ばかり使わず――からだのいろんな場所でチャレンジするようにさせた。そのほうが結局は回数も伸びていくはずだ。急がば回れ、だ。基本技術の丁寧な反復練習こそが、勇翔にとってサッカー上達の近道だと拓也は見ていた。

雨の日は休み、ではなく、家のなかで練習した。布団《ふとん》をすばやくかたづけて――これは聡子には好評だ――室内用の軟らかいボールで、インサイドキックやインステップキックのボレーの練習や胸トラップ、足の甲でボールをふわりとうけるクッション・コントロールなどを繰り返した。調子に乗ってシュート練習をしてふすまを凹《へこ》ませたときは、朝から二人で怒鳴られた。

勇翔は疑問があれば、拓也に尋ねるようになり、拓也が実演してみせると、「なるほどね」と真似《まね》をした。

拓也はなるべく怒らないで教えるように心がけた。それでも勇翔の呑み込みが悪いと、つい苛立って言いすぎてしまう場面もあった。泣きべそをかかせたこともある。そんなときは時間を置いてもう一度、勇翔と向き合って話をした。

そういえば拓也が子供のとき、野球を教えてくれたのは父だった。グローブを与えられ、家の前の道路でキャッチボールをした。ボールの握り方や腕の振り方を教わった。

結局、拓也は野球よりサッカーを選んだわけだが、からだを動かす基本は父から学んだと言ってもいい。それがあたりまえな時代だった。父は五年前に亡《な》くなってしまったが、キャッチボールを一緒にした日のことはよく覚えている。自分の投げたボールを、「ナイスボール！」と言ってもらえると、すごくうれしかった。

拓也は息子にサッカーを教えながら、あらためて自分が父親になったのだと実感した。

＊

県大会を間近に控えた土曜日、ホームグラウンドで練習試合が組まれた。

グラウンドには若井の姿があった。ジュンノスケが移籍してから、試合のときはいつも観戦に来ている。奥さんと二人のときもあれば、ひとりの日もあった。拓也は顔を合わせれば、当たり障りのない会話を交わしたが、一緒に観戦するのだけは避けた。なぜなら試合がはじまると、若井の目には自分の息子しか見えなくなり、個人コーチになりきって、終始指示を出し続けるからだ。

試合のあと、若井はジュンノスケと短い会話を交わし、メタリックブルーのBMWに乗ってサッサとひとりで帰ってしまう。ジュンノスケは母親の運転するフォルクスワーゲン・ゴルフで送迎してもらっている。夫婦が別々に帰るのは相変わらずだ。バンビーノのママさんたちは、若井を〝ビーエム・パパ〟と呼びはじめた。

〝ビーエム・パパ〟に刺激されたわけではないだろうが、最近親たちが試合中に自分の子供にやたらと指示を出すようになった。大介パパ、銀河ママ、聖也パパ。ひさしぶりに顔を見せた青芝までもが、ときおり声を上げながらビデオ撮影をしている。拓也はそんな保護者たちを遠目に見ていた。

拓也にしてみれば、へたくそな勇翔に同じように指示を出していたら、それこそ前半だけで喉《のど》が嗄《か》れてしまう。それに自分がサッカーを選んだのは、サッカーには自由があると感じたからだ。それを奪うような真似は極力慎みたかった。サッカーをやりもしない大人が、よくもそこまで子供に求められるものだと、呆れる気持ちもどこかにあった。

ただ心の奥では、思いっきり、それこそ声を嗄らして勇翔を応援したかった。

　この日も残念ながら、勇翔の出番は多くなかった。サイドバックで途中出場。まだまだ山本コーチには認められていない。けれど拓也にとって、いくつか「おっ」と身を乗り出す場面があった。それは一緒に練習をしている者にしかわからない、成長の芽吹きの瞬間だ。二人で取り組んでいることはまちがっていない。そう感じることができた。

　しかしミスをすると、たちまちチームメイトから集中砲火を浴びる。それでも勇翔は淡々とプレーをしていた。どうもこのチームのメンバーは、口でサッカーをしたがる子供が多い。親の影響もあるのかと感じつつ、拓也は静かにゲームを見守った。

「今のは横じゃなくて、縦だろ！」

「ハリー、ハリー、急ぐんだ！」

「パスなんかするな。自分だよ、自分で勝負しろ！」

　若井が太ったからだを揺すり、身振り手振りをつけて叫んでいる。ベンチが静かなせいか、余計に目立つ。

　高校時代にも、この声に悩まされたのを拓也は思い出した。サッカーでは、試合中のコーチングの声は大切だ。しかしたとえ味方の声であっても、いつもそのまま受け入れるわけではない。味方の声に頼った結果、ミスを犯す場合だってある。不的確な言葉や過剰な声は、ときに人の集中力を鈍らせ、混乱させる。サッカーとは、瞬間的に自分で判断を下すスポーツでもある。だからこそおもしろいのに、と拓也は思う。

最後の試合、勇翔と交代してツバサが出場した。へたくそなりにがんばっていた。ツバサも勇翔同様にボールを怖がる傾向がある。とくにヘディングは苦手のようだ。そんなツバサにもチームメイトから容赦のない声が飛んだ。ツバサも勇翔と同じで、そんな声に言い返さない。というより、言い返せないのだろう。

この日もツバサの両親はグラウンドに来ていなかった。


試合後、家に帰って一緒に風呂《ふろ》に入り、今日のプレーについて尋ねた。

「一度だけうまく切り返して、パスをつなげたよ」

勇翔は少し得意そうにこたえた。

その場面は、拓也も覚えていた。

「あのときだろ。右サイドから攻め込まれたけど敵からボールを奪ったとき、外にクリアするんじゃなくて、銀河につないだよな」

「そうそう、ぼく、自然にからだが動いたんだ」

頭のなかでその場面をリプレーするように、勇翔は天井を見上げた。両頬に小さな笑くぼができた。

「ほかには？」

「ほかには……」

勇翔は思い出そうとしたが、なかなか言葉が出てこない。

「二試合目、出てすぐにヘディングしたよね」

「そうそう、ボヨーンってなっちゃったけどね」

照れくさそうだが、誇らしげでもあった。

「あそこは、勇翔が頭でさわることによって、敵に自由にさせなかった」

「うん」

「ナイスプレーだった」

その言葉にコクリとうなずいた。

試合の全体的な話、あるいは漠然とした印象ではなく、ディテールを取り出して話すことが、勇翔にもできるようになった。それに拓也の視点を加えてやると、ああ、ちゃんと見てくれていたんだな、と勇翔は納得するようだ。サッカーの至福は、勝敗だけではなく、そういったひとつひとつのプレーの細部にも宿っている。覚えたてのフェイントで敵をひとり抜いただけでも、幸せになれる瞬間がきっとある。

「ミスしたとき、いろいろ言われてるようだけど、気にならないのか？」

拓也はそのことにふれてみた。

「ぼくはあまり気にしない。気にしてもしかたないから。でも、気にしちゃう人もいると思う」

「ツバサも、かなり言われてたな」

「うん、あれであんがいデリケートだからね」

ツバサの話題になると、なぜか声が沈んだ。

「なんかあったのか？」

「最近あだ名をつけられたんだ」

「ツバサに？　なんて呼ばれてるの？」

「……へたツバ」

「そいつはひどいな。だれが言ってんだ？」

「最初に言いはじめたのは、ジュン。ジュンはうまいけどさ、試合中も文句ばっかり言うから」

親が親なら、子も子だということだろうか。

ジュンノスケはフォワードに定着しつつある。でもひとりよがりで、プレーに波がある。感情の起伏が激しく、ファウルの回数も少なくない。

「このままじゃ、ツバサのやつ、やめちゃうかもしれない」

勇翔がぽつりと言った。

「本当にうまいやつはね、上手じゃない仲間を励ましたり、助けるもんだよ。だから今のバンビーノには、残念ながら本当にうまいやつはいないのかもしれない。だれかがツバサを助けてやれるといいね」

拓也の言葉を聞いた勇翔は、下唇に力を込めるようにした。


次の日曜日、バンビーノの活動はなかった。そのため自主練習をすることにした。勇翔がツバサを呼びたいと言い出したので、しかたなく許した。本当は二人だけでみっちり練習したかった。

案の定、一緒に練習をはじめたら、ツバサは集中を切らした。長く伸びた髪をわざと振って自分の視界を塞《ふさ》いでおどけたり、突然、勇翔にクイズを出したりする。早くサッカーをやめて、ほかの遊び――おそらく得意のカードゲーム――をしたそうなそぶりだ。

ボールを怖がるツバサに、ヘディングの練習をつけようとすると、「ぼくはヘディングはしない」と言ってやろうとさえしない。

「そんなことじゃ、うまくならないぞ」

やさしく声をかけたが、「うまくならなくてもいい」と言う。

「どうして？」

「だってプロのサッカー選手になるわけじゃないし、なれるわけでもないから」

ツバサはきっぱりとこたえた。

「そんなこと言わずに、がんばろうよ」

勇翔の声がけも虚《むな》しく、ツバサは頑《かたく》なに首を横に振った。

「ママはね、やめたくなったら、サッカーなんていつでもやめていいって。それにたくさんヘディングしたら、頭がバカになるって言ってたよ」

得意そうな瞳は笑っていた。

「勇翔は心配なんだよね。だってぼくがやめたら、チームで一番へたくそになるだろ。みんなから、ぼくの分まで言われちゃうもんね。でも安心して、すぐにはやめないから」

ツバサの透明な笑顔が、なぜだかひどく悲しかった。

保護者の期待が高まるなか、新戦力が加わった四年生チームは六月の県大会を迎えた。

大会前日、荷物の準備をする勇翔に、拓也が声をかけた。

「きっとチャンスはある。たとえ途中出場でも、短い時間でも、精一杯プレーしろよ」

「わかってるって」

勇翔はシューズ袋をサッカーバッグにしまおうとした。

「そういえばおまえのスパイク、名前書いてなかったな。父さんが書いてやるよ」

「いいけど、かっこよく書いてね」

「まかせとけ」

拓也は油性マジックを右手で構え、左手に持ったスパイクを動かして、書く場所をさがした。あまり目立ちすぎてもよくないと思い、スパイクの踵《かかと》のスペースを選び、一文字「勇」とだけ書いた。

「わかるよな？」

「うん、ぼくの名前。『勇翔』の『勇』」

「そうだ。それと、『勇気』の『勇』でもあるんだぞ」と拓也は強調した。

その会話を後ろで聞いていた聡子と恵里が笑い出した。

「なにがおかしい？」

「だってそれじゃあ、だれのスパイクか、わからないじゃない」

聡子の声に、勇翔も一緒に顔をほころばせた。

4

6月17日（日よう日）　たんじょう日

今日、ぼくは10さいになった。県大会の二回せんがあった。

一回せんとおなじく前半は出られなかった。

後半、しょうごのゴールで1たい1においつくと、山本コーチに「勇翔いくぞ」といわれた。

やってやるという気持ちになった。

ぼくは父さんと練習したフェイントでてきをぬくことができた。

ディフェンスでも何回か止めた。

てきのコーナーキックになった。

てきのけったボールがゴール前にとんできたのでぼくはよけないでヘディングした。

そのボールがゴールに入ってしまった。

そのあともゴールをきめられ県大会は二回せんで負けてしまった。

しあいのあと「さいあくのじさつ点だ」とジュンがいった。

ぼくはさいあくのたんじょう日だと思った。

とてもくやしかった。


県大会の二回戦でオウンゴールをしてしまった勇翔は、かなり落ち込んでいた。試合のあとはしばらく泣いていた。声を上げていたわけではないが、拓也にはわかった。

ひとあし先に家に帰り、バスタブの残り湯を洗濯機に移し、柄の付いたブラシできれいに掃除してから風呂を沸かした。先週営業先で「名湯めぐり」という入浴剤の試供品をもらったのを思い出し、それを投入した。入浴剤の小袋の裏には、効能として「疲労回復、冷え性、肩のこり、腰痛、神経痛」と書かれている。

勇翔が帰ってくると、さっそく風呂に誘った。

いつものように「どうだった？」と質問するのはやめて、様子をうかがった。勇翔はしょんぼりしたまま68番のユニフォームを脱ぎ、浴室へ入ってきた。

よほどぼんやりとしていたのだろう。バスタブに浸《つ》かってから、ようやく乳白色のにごった湯に気づき、柚子《ゆず》の香りに鼻をひくつかせた。

「疲れただろ。今日は入浴剤で温泉にしてやったぞ。特別に〝草津の湯〟だ」

拓也は笑いかけた。

「ぼく、ちっとも疲れてないよ。試合に出たの、たった十分だけだもん」

肩を落とした勇翔は、そのまま白濁した湯にずぶずぶと沈んでいきそうな顔つきだ。気分転換になればと入浴剤を使ったわけだが、どうやら、「心の痛み」には効かなかったようだ。

「今日はついてなかったな」

一緒に風呂に浸かり、拓也はつぶやいた。「誕生日だっていうのに……」

勇翔は小さな顎《あご》に力を込めるようにした。

「でもな、父さんうれしかった」

「え？」

伏せていた瞼《まぶた》がもち上がった。

「だって敵のコーナーキックのとき、おまえはボールを怖がらなかった。自分からボールに食らいついていった。すごい進歩じゃないか。当たり所が悪くて、オウンゴールになっちゃったけどな」

勇翔の眉《まゆ》がぴくりと動いた。

「サッカーでは、ああいうことがときどき起こる。なんていうか、思ってもいなかった展開がね。そんなときに、どんな態度をとれるか、それは人として大切なことだと思うよ。残り時間は五分くらいあった。リードされた途端、下を向いたやつもいた。でも勇翔はそのあともずっと試合に集中してボールを追いかけてた。少なくとも父さんには、そう見えた」

観戦していた保護者たちも同じだった。試合終了間際《まぎわ》の勇翔のオウンゴールに失望の声を漏らした。あるいはそれは失望の声ではなくて、やってしまったのが自分の子供ではなかったという、安堵《あんど》のため息だったのかもしれない。

「なにやってんだよっ」

試合中、ジュンノスケに指示を出し続けていた若井は、あからさまにオウンゴールを嘆いた。

「大介、もう時間がないから上がって攻めろ！」

大介パパは、センターバックの息子に勝手な指示を出した。

青芝は三脚に立てたビデオの撮影どころではなくなったのか、将吾に前線で留まるように声をかけた。

ピッチに立った子供たちは、ベンチではなく、自分の親の顔色をうかがい、視線を泳がせた。親の言葉を、そのまま声に出して繰り返す子もいた。

それまでは互角に戦っていたバンビーノだったが、試合の流れが一気に変わった。

その後、同点に追いつくどころか、敵のカウンターを食らい、あっけなく3点目を奪われてしまった。チームはパニックに陥り、味方の選手のミスをなじる声が、そこかしこで上がった。

拓也はその場面を思い出しながら尋ねた。

「なあ勇翔、試合中、父さんもおまえに指示を出したほうがいいか？」

勇翔は「ん？」という顔をした。

「そのほうがいいか？」

勇翔は首を横に振った。

「大きな声を出して応援したほうが、おまえはがんばれるか？」

「いいよ、そんなの」

強い調子の返事だった。「してほしくない」

「そうか。――じゃあ、父さんはこれからも静かに見てることにする」

「うん、そうして」

勇翔の表情が明るくなった。

「試合のあと、コーチはなにか言ってたか？」

「うん。今日負けたのは、だれのせいでもない。おまえらの実力だって」

「――そうか」

「それから、おまえらは、だれのためにサッカーをやってるんだ、とも言ってた」

「コーチがそう言ったのか？」

「うん」

「そうか、山本さんはいいコーチだな。父さん、そう思うよ」

勇翔は小さくうなずいた。

「チームメイトは、なにか言ってた？」

「べつに……」

勇翔は目をそらした。

おそらくさんざん言われたのだろう。オウンゴールのことを。表情でわかった。

「今日も後半途中からの出場だったな。この大会までにレギュラーをとるって言ってたけど、まだなれてないよな。これからどうする？」

「練習する」

すぐにこたえが返ってきた。

「練習は嘘《うそ》をつかないって、だれかが言ってた。どういう意味かわかるか？」

勇翔は口を半開きにしている。

「練習をしたら、練習をした分だけ、必ず自分に返ってくる、ってことだ」

「うん、そうだね」

「悔しかったら、続けるんだな」

拓也の言葉に、勇翔はしっかりうなずいた。

風呂から上がると夕食の準備がすでに整っていた。主菜は勇翔の大好物のハンバーグ。フライパンの上でジュージューと音を立てながら、テーブルに運ばれてきた。

「いただきます」の前に、勇翔の十歳の誕生日を祝して家族で乾杯をした。拓也はビール、聡子はウーロン茶、勇翔と恵里は特別この日だけオレンジジュース。夕食の席では、今日の試合を含め、サッカーの話題はいっさいナシにした。

食後、テーブルに苺《いちご》のデコレーションケーキが用意された。まんなかに「ハッピーバースデー　ゆうと」のプレートと、チョコレートでできたサッカーボールが飾られていた。

真っ白の生クリームに赤や青や黄色のロウソクを十本立て、火をつける頃には、勇翔の顔にいつもの笑みがもどっていた。明かりを消し、家族でケーキを囲み、みんなの顔が十《とお》の小さな炎に照らされるのを眺めながら、大きな声で〝ハッピーバースデー　トゥ　ユウ〟を合唱した。

勇翔にとっては、バースデーゴールどころか、オウンゴールを決めてしまったわけで、苦い十歳の誕生日になってしまった。でも、それは貴重な体験として今後に活《い》きるだろう。拓也はそう思うことにした。

「ハッピーバースデー、ゆうと！」

「お誕生日おめでとう！」

十本のロウソクを一息で吹き消した勇翔は、照れくさそうな顔でコクリとうなずいた。

＊

「若井親子がクラブで問題になっているらしい」

そんな噂《うわさ》を聡子から聞いたのは、ぐずついた天気の続く七月上旬のことだった。

同じ時期に、クラブから保護者宛《あて》のプリントが配布された。試合観戦のマナーに関するもので、そこにはこう書かれていた。

子供たちが自分で判断できるように、ピッチの外から指示を出さないでください。

試合ではすべての子供に対して、あたたかい応援をお願いします。

しかし若井が応援の態度を改める気配はなかった。もしかしたら、若井はプリントを読んでさえいないのかもしれない。

「あの子が入ってから、チームの雰囲気変わったよねって、銀河ママが言ってた。なんてったって、ジュン君の口癖は『くそっ！』だからね」

　聡子が眉根を寄せた。

　一方で、コーチの指導に対する不満が一部の保護者から上がっているという。

「それってどんな？」

「もっと厳しくしてほしいとか、子供がわかるように指導してほしいとか、いろいろ」

「なんだか漠然とした話だな」

「このあいだの大会で良い成績を収められなかったからね」

「結局そういう話か……」

　拓也はため息まじりにつぶやいた。

「試合の采配や選手の起用方法についても、文句があるみたい」

「それはコーチに任せるものだろ」

「不思議なことに、不満を言ってるのは、レギュラーの親たちばかりなんだよね」

「まあ、いずれにしても勇翔には関係なさそうだな」

「それが、そうでもないのよ」

　聡子は意味ありげな言葉を口にした。

「どういうこと？」

「勇翔には言わないでよ」

聡子は前置きして続けた。「このあいだ、一緒にお風呂に入ったとき、ジュンは嫌いだって勇翔がぽつりと漏らしたの。あんまり人の悪口とか言う子じゃないから、どうしてって聞いてみたら、黙っちゃって……。どうもジュンノスケが、勇翔やツバサにちょっかいを出してくるみたい。試合や練習でもミスをすると口うるさく言われるから。そういうのが耐えられないいんじゃないかな。だから私も注意して見てるんだけど、たしかに言われてるんだよね。素人《しろうと》だからわからないけど、サッカーって、一緒にプレーしてる仲間をあんなに責め立てるものなの？」

「どうかな……」

拓也は曖昧《あいまい》な返事でごまかした。

試合のとき、勇翔やツバサがボールを持つと一斉に声がかかる。けっしてよいポジションをとっているわけでもないのに、ボールをよこせとばかりに名前が飛び交う。ひどい場合には、すぐ後ろで呼んでいる。それだけ信頼されていない証拠だろう。

今のチームの雰囲気は、傍《はた》から見ていてもたしかによいとは思えない。でもそれはジュンノスケだけのせいではないはずだ。雰囲気は、それこそいろいろな影響によって醸《かも》しだされるものだ。チームの方針や目標。試合の内容や大会の成績。コーチの言動や話し方。そしてもちろん、選手自身。しかし、小学生年代のチームでは、親の影響も見逃せない要因のひとつかもしれない。

「コーチに相談したほうがいいのかな」

聡子は表情を曇らせた。

「いや、それはまだ早いんじゃないか。子供の世界のことでもあるし、もう少し様子を見ようよ」

拓也は静かな口調で応じた。


後日、拓也は勇翔と一緒に風呂に入ったとき、学校やサッカークラブでなにか気になっていることはないか、なにげなく尋ねてみた。

「とくにない」という返事だった。

どうも勇翔は、母親には話すくせに、父親には隠す傾向にある気がした。言えばきっと、厄介なことになると思っているのだろう。それこそ自分には話しにくい雰囲気があるのかもしれず、その点は改めるべきだ。

しかたなく、拓也から切り出してみた。

「前からそうだけどさ、県大会が終わって、おまえやツバサがますますチームメイトからいろいろ言われてるように思うんだけど、どうなの？」

髪の毛を洗っていた勇翔の動きが止まった。

「父さんのかんちがいかな？」

勇翔は泡だらけの髪のまま、首を横に振った。

「言われてるよな？」

「――うん」とうなずいた。

「とくにジュンノスケじゃないか？」

「まあ、そうだけど、ジュンだけじゃないよ」

「ジュンとは仲がいいの？」

「まあまあ」

勇翔は手探りで手桶《ておけ》を探している。

また、まあまあかよ、と思ったが、拓也は手桶にお湯を汲《く》み、泡だらけの頭にかけてやった。

「ありがと」

お湯がまんべんなく髪にかかるように、もう一度ゆっくりかけた。

「もういいか？」

「あと一杯、お願いします」

勇翔は頭に両手を置いたまま待っていた。

三杯目のお湯を浴びると、「ふーっ」と息を吐いた。

「言われていやだったら、その気持ちを相手に伝えることも必要だぞ」

「うん……」

「言われっぱなしってのもな」

「うん……」

勇翔は返事をしたが、納得している感じではなかった。

そんなに単純な問題じゃない。そう言いたげな「うん……」だった。

「言葉で伝えるのはむずかしいか？」

勇翔は黙っていた。

なんだったら、やっちまえよ。そう言いたくなったが、口には出さず我慢した。それはあまりにも無責任な言葉だ。

「おまえは、やさしいもんな」

そう言うと、勇翔はにらむような目を排水口に向けた。

三月生まれだった拓也は、小さい頃よく喧嘩《けんか》をした。言葉で自分の思いを伝えるのがひどく苦手だった。言い合いでは口が達者な同級生の四月生まれには到底敵《かな》わなかった。だから手を出すのだが、手っとり早い方法は、また別の問題を引き起こす火種になる。それを知っていながら、同じやり方を息子に選ばせたくはなかった。

「じゃあ、言われないようにするには、どうしたらいいと思う？」

拓也は尋ねた。

勇翔は少し考えてから、「うまくなる」ときっぱりと口にした。

「――そうか。そういう方法もあるな」

「うん、それしかないと思う」

「でも、ジュンノスケよりうまくなるって、けっこう大変だぞ」

余計なこととはわかっていたが、拓也は言わずにはいられなかった。

「たしかにね……」

「じゃあ、うまくなるには？」

「練習する？」

「まあ、やっぱりそれしかないだろうな。悔しかったら、見返してやれ」

拓也がけしかけると、「そうだね」と勇翔は大きくうなずいた。

「そういえば、カードゲームどうしたの？　たくさん持ってたよな」

「あれはツバサに返した」

「そうなんだ……」

拓也はお湯を両手ですくって、バスタブのなかで顔を洗った。理由を尋ねようか迷ったが、余計な言葉はかけずにおくことにした。

勇翔は唇をきゅっと結び、ボディタオルを不器用に泡立てはじめている。

息子にとって試練が続く——。

でも、その試練に立ち向かえば、きっとなにかを得ることができるはずだ。

——もしかしたら、こいつは大きく変わるかもしれない。

からだを洗いはじめた勇翔の横顔を眺めながら、拓也は思った。

＊

7月21日（土よう日）夏休みのスケジュール

6：00　おきる

6：30　父さんと練習（月・水・金）

7：30　朝ごはん　べんきょうする

10：00　じしゅれん（走る）
11：00　自由タイム
12：00　昼食
13：00　読書
13：30　遊ぶ
17：30　家に帰る（おふろに入る）自由タイム
19：00　夕食　自由タイム
21：00　ねる

目標　夏休みのうち、20日は公園に練習に行く。
リフティング、112回以上。

「ねえ、これ貸して」

朝の練習が終わって、地面に置いた黄色いマーカーコーンを勇翔が集めてきた。

「なにに使う？」

「夏休みのじしゅれんに決まってるでしょ」

「なくすなよ」

「わかってるって」

勇翔のこめかみに汗が光った。

「自主練はツバサとやるのか？」

「なんで？　ひとりだよ」

「さびしくないの？」

「ひとりのほうが集中できるから」

勇翔はマーカーコーンを自分のサッカーバッグにしまった。

「夏休みのスケジュールを立てろよ」

「もう立てたよ」

「ほんとか。レギュラーとるには、この夏休みが勝負だからな」

拓也は少し前にも使ったせりふを口にした。

夏が終われば、どんどん日が短くなっていく。練習する時間は限られてしまう。そのことが気がかりだった。

夏休みに入ってからも週三日、平日の出社前の朝練を続けた。週末はバンビーノの活動のあと、疲れが残っていなければ一緒に練習した。

会社には五日間の夏休みをもらった。六年生になった恵里にとっては、小学生最後の夏休みだ。思い切って家族旅行にでも行こうかと聡子と相談したが、今年から勇翔はバンビーノの合宿に参加する。参加費は二泊三日で三万五千円。かなりな負担だ。それに勇翔は週末のバンビーノの活動を休みたくないと言うし、恵里はとくに行きたいところはない、とそっけない。

結局、拓也の夏休みは、勇翔とのサッカーの練習に明け暮れた。朝はいつも行く市民の森の公園で、夕方はちがう練習場所を探した。偶然見つけた河川敷の広場には、ネットの破れたゴールがあり、そこでシュート練習をした。

バンビーノでは、ドリブルやボールタッチなどの個人技術の習得には熱心だが、なぜかシュートの練習はほとんどしないという。

「サッカーの楽しみはゴールだよな？」

拓也が言うと、「ぼくもそう思う」と勇翔は賛成した。

「あれ、石が動いている」

練習の休憩中に勇翔が腰を上げた。

「そんなわけないだろ」と拓也が笑うと、「でも、あそこ」と指を差す。

たしかに土の上をなにかが移動していく。

二人で近づいてみると、〝石〟は止まった。

「あっ、カメだ」

勇翔が笑った。

「おっ、ほんとだ」

カメは頭と両手を甲羅から出して、のそのそ歩き出した。

「ねえ父さん、このカメ、ウチに連れて帰ってもいい？」

「こいつを？　——でも、縁起よくないいんじゃないか？」

「なんで？」

「だっておまえ、速く走りたいんだろ？　カメはのろまだぞ」

「そんなの関係ないよ」

勇翔は口をとがらせた。

この夏休み、勇翔とはサッカーしかしてやれなかった。本人が望んだとはいえ、そのことが気になっていた。

「じゃあ、自分で世話するんだぞ」

「やったー！」

勇翔は笑いながらカメの甲羅をつかんで持ち上げた。カメは迷惑そうに首と両手をのばし、懸命に宙を泳いだ。

八月のお盆過ぎ、勇翔は初めて五、六年生との合同合宿に参加した。

自分の身は自分で守るよう、とくに熱中症に注意するよう言い聞かせて送り出したものの、心配でしかたなかった。たまには外食でもしようと聡子に言われたが、気が乗らない。仲の良いツバサが直前になって合宿の参加をとり止《や》めたことも気になった。勇翔不在の三日間はとても長く感じた。

合宿から帰った勇翔は、真っ黒に日に焼けていた。

「疲れたぁ」と言って笑ったその顔を見たとき、拓也は安堵し、息子がまたひとつ成長したように感じた。

夏休み最終日にあたる日曜日、拓也は勇翔と市民の森のなかにある児童公園にいた。夕暮れが迫っていた。試合で勇翔がボールを怖がった日、勇翔に向かってボールを蹴《け》りつけたその場所で、あの日と同じように二人きりだった。クスノキの高い位置にとまった蟬《せみ》の声が、乾いた地面に降り注いでいる。

「──じゃあ、いくよ」

勇翔の声に、ベンチで腕を組んだ拓也はうなずいた。

トレーニングシューズの裏でボールを引き、つま先でくいっと持ち上げ、右足の甲でボールを蹴る。落ちてくるボールが地面に着く前に、蹴り続ける。少し猫背になった勇翔の練習着は、すでに前も後ろも汗染《じ》みができていて、ボールを蹴るたびに、髪の毛が羽ばたくようにふわりふわりと揺れた。

──二十五、二十六、二十七、二十八、二十九……。

息を凝らすようにして、拓也はリフティングの回数を声に出さずに数えた。

──三十六、三十七、三十八、三十九……。

危くボールを落としそうになるが、右足をのばしてなんとか立て直す。

──六十七、六十八、六十九……。

いいぞ、自己記録を更新だ。

──九十七、九十八……。

そのまま、そのまま……祈るような気持ちで拓也は見つめた。

そして、声に出して数えた。

「百十、百十一、百十二……」

遂《つい》に夏休みの目標のリフティング百十二回、嘘をついたその回数に勇翔は到達した。

今度こそはまちがいない。拓也はこの目で見たのだから――。

勇翔はバランスを崩して、ボールが地面に落ちた。

「やったあ！　百二十八！」

勇翔は大声を上げ、Ｊリーガーがゴールを決めたときのように両手でガッツポーズをとった。

「よし、目標達成だ！」

拓也はベンチから立ち上がり、勇翔と抱き合って喜んだ。あとで話を聞くのではなく、この場に立ち会えたのがうれしかった。

「やったな！」

「やったよ！」

緊張から解かれた勇翔は大きく息を吐いた。その目はきらきらと輝き、笑っている。

水筒から水を飲んだ勇翔は、すぐにまたリフティングをはじめた。

拓也にはわかっていた。リフティングが百回できる小学四年生なんてたくさんいる。リフティングだけうまくなったところで、試合では通用しない。でも勇翔にとって、ボールを落とさずに百十二回蹴り続けることは、それほど簡単な目標ではなかったはずだ。正直、八月のはじめの段階では、達成するのはむずかしいだろうと拓也は踏んでいた。だから素直に喜びたかった。

公園からの帰り道、コンビニでアイスを買って二人で歩きながら食べた。百円のアイスがこんなにうまいのは、勇翔のおかげにちがいない。

勇翔の食べ方が悪かったのか、半分残っていたアイスがポトンと舗道に落ちてしまった。

「ドジだなぁ」

拓也が言うと、泣きそうな顔で溶けていくアイスを見つめていた。

子供たちが寝静まってから、ウイスキーの水割りを片手に、勇翔のリフティング目標達成の瞬間について拓也は詳しく話した。聡子は缶酎《かんちゅう》ハイを飲みながら付き合ってくれた。

「たいしたもんだよ」

しみじみとつぶやいた拓也に、「それは私じゃなくて、勇翔本人に伝えてあげたら」と聡子に言われた。

「なんで勇翔はこんなに運動ができないんだろうって思ったこともあったけど、やればできるんだよ。がんばって続ければ、必ずうまくなっていく」

「まだ四年生だもん」

「もう四年生だって、おれは焦《あせ》ってた」

「親ってさ、いつも今なんだよね。それで今が終わるとすぐに次。私も両親にそれなりに期待されて育ったからよくわかる。でもさ、それって子供にとって大変なことだよね。だからたくさんほめてあげて。勇翔はあなたにほめられるのが一番うれしいんだから」

「そうか?」

「そりゃあ、そうよ。サッカーをやってたお父さんが誇りなんだから」

聡子はアルコールで顔を赤く染めていた。

その言葉は大袈裟《おおげさ》にも聞こえたが、拓也はうれしかった。

明日から新学期がはじまる。静かな夜だった。

リビングの隅でカサコソと音がしている。勇翔が「ボルト」と名付けたカメが、水槽代わりに使っている衣装ケースのなかで動いている影が見えた。ジャマイカの英雄、ウサイン・ボルトのように、カメのなかで最速ランナーになるようにと名付けたらしい。

＊

「ツバサがやめるって」

暗い顔で勇翔が口にしたのは、夏休み明けの最初の練習試合があった夜のことだった。浴室に入ってくるなり目を細め、顔をゆがめた。涙の流れた跡が埃《ほこり》っぽい頬に残っていた。

その日、勇翔は右サイドバックで先発したが、ベンチにはツバサの姿はなかった。

「今日の試合、勇翔君、なかなかよかったじゃないですか」

試合のあと、ツーゴールを決めた将吾の父、青芝から声をかけられた。

お世辞だとわかっていたが、悪い気はしなかった。でも青芝もまったく感じなければ、そんな言葉をわざわざ口にしなかったはずだ。拓也の目から見ても、勇翔はボールに対して積極的になってきている。だから一緒に風呂に入って、まずそのことをほめてやろうと思っていた。

「やめる？　だれが言ってた」

「山本コーチ」

「おまえ、ツバサから聞いてなかったのか？」

「最近、遊ばなくなったから」

勇翔がツバサからもらったカードを返したという話を思い出した。

「やめる理由は？」

勇翔は首を横に振った。

「そうか……」

拓也にしても、ツバサにはやめてもらいたくなかった。

それはツバサが言ったように、彼がいなくなったら、勇翔がチームで一番へたくそになるから、という理由だけではなかった。拓也はグラウンドでツバサを見かけたら、なるべく声をかけてきたし、ときどき言葉も交わした。へたくそな息子を持った父親は、同じへたくそを、なんとなく放っておけなかった。

ツバサが合宿の参加をとり止めたと聞いたときは、もしやと思った。でもその後、「家族で旅行に行った」とツバサ本人が教えてくれた。

「残念だな」

「すぐにはやめないって言ってたくせに……」

勇翔は悔しそうに目をしばたたかせた。


ツバサがバンビーノをやめた理由については、後日、聡子から聞いた。

ツバサの母親の話では、中学受験に早めに備えるためらしい。サッカーはあくまで受験のための体力づくりで、最初から割り切っていた。そんな口振りだったという。

ツバサの言動には、いつも親の影響を感じた。ツバサ本人の気持ちは本当のところどうだったのだろう。塾に通うような気持ちでサッカーをやっていたのだろうか。子供の試合に熱くなりすぎる親もどうかと思うが、試合をまったく見に来ない親というのもまた、拓也にとって理解に苦しむ存在だ。

その後、ツバサの父親が航空業界で働いていることを知った。〝ツバサ〟という名前は、サッカーとは関係がなかったのかもしれない。

9月23日（日曜日）ツバサがやめた

「なんでやめるの」ときいたら「なんでやめないの」とツバサにきかれた。

ぼくはこまってしまった。

ツバサはサッカーだけでなく子どものころはいろんなけいけんをすべきだといった。

それはぼくにもわかる。

ぼくだってベンチで試合を見ているくらいなら海でおよいだりクワガタをつかまえたりボルトと遊んだりしたい。

でもぼくはさいきんサッカーがおもしろくなってきた。

だからぼくはサッカーをやめない。

それに今やめたら負けることになる。

ぼくはツバサをたすけてやることができなかった。

とてもざんねんです。

＊

「ゆうと、おせーえんだよ！　グズ」

ジュンノスケが叫ぶ。

ツバサがやめてから、ミスに対する非難の矛先は、案の定、勇翔に集中した。

なぜこうも言われなければならないのか……。

補欠組である背番号54番のミツルより、勇翔のほうがうまくなったようにも思えるのだが、叫ばれる名前は「勇翔」の回数が断然多い。練習試合を見ていてうんざりした。

ただ、たしかに勇翔はプレーのスピードが速くない。足も遅い。ミスをする。それは事実でもあった。

今やジュンノスケは四年生チームの主力であり、将吾と共に不動のツートップを組むまでになった。将吾ほどではないが、チームで二番目の点取り屋だ。

口うるさいジュンノスケに対して、将吾はとても落ち着きがある。この日もゴールを決めたが、その直後でさえ喜びを表さず淡々としている。当然、勇翔のミスをなじったりはしない。

――もっと喜べよ、将吾。

拓也はそう言ってやりたくなった。

山本コーチが試合でのポジションを固定しだした。このままいけば勇翔はサイドバックとして、ミツルとレギュラーを争うことになりそうだ。それはそれで勇翔にとっては悪くない選択のような気がした。

勇翔は確実にうまくなっている。伸びしろでいえば、将吾やジュンノスケよりもあるはずだから、成長の速度はその分速いと信じたかった。

「父さんは、ジュンのパパとサッカーしてたの？」

ある日、勇翔が口にした。

「だれに聞いた？」

「ジュンから……」

ジュンノスケが父親から聞いた話をしたのだろう。拓也はそう理解した。

「そうだよ。高校のサッカー部で同じだった。ほかに、なにか言ってたか？」

「べつに」

勇翔は首を横に振った。

その振り方が必要以上に大きく、そして長く感じた。

「なにを言われたのか知らないが、気にするなよ」

「気になんかしてないよ」と勇翔は唇をとがらせた。

ジュンノスケが勇翔に厳しいのは、もしかしたら父親の影響かもしれない。そのことに、初めて気づいた。そんなそぶりは見せないが、若井が今も自分に対してわだかまりを持っているのだとすれば、あり得ない話ではない。若井にひとこと釘《くぎ》を刺すこともできるが、それは最後の手段だろう。

バンビーノのお母さんたちがビーエム・パパと呼ぶ若井は、どういう理由か知らないが、奥さんとジュンノスケとは別居をしているらしい。先日、若井から飲みに行こうと誘われたが、胃の調子が悪いと断った。

勇翔から聞いた話を聡子にしたところ、新たな事実を聞かされた。

――おまえのお父さんは、おまえと同じように補欠だった。

勇翔は、ジュンノスケにそう言われたらしいのだ。

「なんでもっと早く言ってくれなかったんだよ」

聡子はバツの悪そうな顔で「ごめんね」と口にした。

拓也としてはおもしろくなかった。

「そのことを勇翔は気にしてるのかな」

「どうだろう。やっぱり、気になってるのかも」

補欠の子はやっぱり補欠だ、とでも言われているのだろうか。

しかし怒ってもしかたのない問題だ。もう二十年以上前の話だ。それに、事実でもあった。

＊

土曜日の朝方、拓也は勇翔の乾いた咳《せき》で目を覚ました。少し前から風邪気味らしく、洟《はな》も出ている。

朝食後に熱を測ったが、とくに高くはなかったようだ。聡子は気になるらしく、練習に参加するかどうか二人で相談していた。

バンビーノのケータイサイトで確認したところ、今日は午前十時から練習予定になっている。明日は練習試合が組まれていた。今日練習を休めば、試合の出場機会に影響すると考えるのが自然だ。

「ほんとに、だいじょうぶなの？」

練習着に着替えた勇翔の後ろから聡子がついてきた。

「行くよ」

「無理することないのよ」

拓也は朝刊を読みながら、二人のやりとりを聞いていた。

――本人がだいじょうぶって言ってるだろ。

そう口を出したくなったが、こらえた。

午前九時過ぎに聡子は恵里を連れ、勇翔を小学校のグラウンドまで送るために車で出かけた。そのまま恵里とどこかへ行くらしい。

十一時過ぎに、拓也は週末でないと会ってもらえないクライアントとの打合せに向かった。

空は高く澄みきっていたが、北からの風に思わず身を縮めた。

打合せは残念ながら不調に終わり、広告の内容を再度練り直す必要に迫られてしまった。

二転三転する客の要望にうんざりし、その足で出社した。新人の後藤も自主的に休日出勤していた。

「固まったんじゃなかったんですか？」

「まったくまいっちゃうよ、ラフを切った段階ではなにも言わなかったくせに」

後藤相手に拓也は愚痴をこぼした。

企画の調整には思った以上に時間がかかった。午後八時をまわった頃、聡子から気になるメールが入った。

〝勇翔の咳が止まってくれない。これから夜間診療を受けられる病院へ車で向かいます。恵里がひとりで留守番してるからなるべく早く帰ってきて。〟

――風邪をこじらせたのだろうか。

拓也は心配する前に、がっかりした。夜遅くまで仕事をしたのは、明日の練習試合を観戦するためでもあった。最近の勇翔の上達は目を見張るものがあり、楽しみにしていたのに。

「子供の具合が悪いみたいなんで、先に帰るわ」

拓也がパソコンの電源を落とすと、「どうかしたんですか？」と向かいの席の後藤が白い顔を上げた。

「なんだか、咳がひどくて病院へ向かったらしいんだ」

「咳ですか？」

「ああ、朝早くからコンコンやってたからな」

「それって、もしかして喘息《ぜんそく》じゃないですか？」

なにげなく後藤が口にした。

「喘息?」

「ええ、ぼくも子供の頃ひどくて、この季節になると今でも思い出すんですよね」

「喘息って、季節とか関係あるの?」

「ちょうどこの時季ですよ。季節の変わり目。寒暖の差が激しいじゃないですか。それに秋には、夏に繁殖したダニの死骸《しがい》やフンが多くなるから発作が起きやすいって、聞いたことがあります」

そんな話は初耳だった。

拓也も聡子も喘息の経験はない。恵里は健康体で医者の世話になった記憶はない。

「喘息になると、基本的にはスポーツはむずかしいですからね。お子さん、野球でしたっけ?」

「サッカー」と言い返そうかと思ったが、「じゃあ、お先に」と言って席を立った。

まだ喘息と決まったわけじゃない。でもいやな予感がした。冷たい風の吹く道を、拓也は街路樹の落ち葉を踏みしめながら急いだ。

マンションのドアを開けたとき、めずらしく恵里が玄関まで迎えにきてくれた。

「勇翔は？」と問うと、「まだ、帰ってない」と怯《おび》えたような表情で恵里はこたえた。

「あいつ、どんな感じだった？」

「怖かったよ……」

恵里は様子ではなく、自分の感情を口にした。

リビングでスーツを脱ぎながら話を聞いた。

「勇翔、家に帰ってきたら、だんだん咳がひどくなったの。最初は寝てたんだけど、寝てると苦しいって言って、背中を起こしてタンスに寄りかかって咳き込んでた。そのうち、苦しい、苦しいって、泣きはじめたの……」

「そんなにひどかったのか？」

「だって病院嫌いの勇翔が、早く病院に連れてって、って泣くんだよ。救急車呼んだほうがいいんじゃないかと思ったもん」

恵里まで泣き出しそうだった。

そのとき拓也のケータイが鳴った。

聡子からのメールを開いた拓也は、思わず低い天井を仰いだ。

〝今から勇翔と一緒に病院を出ます。喘息と診断されました。〟

「どうしたの？」

「だいじょうぶ。もうすぐ帰ってくるから」

無理に笑顔をつくった。

喘息になると、基本的にはスポーツはむずかしいですからね、という後藤の言葉を思い出した。

がんばりすぎたのかな。

――それとも、がんばらせすぎたのか……。


病院から帰った勇翔は発作も治まり、布団《ふとん》に入るとすぐ眠りについた。咳をし続けたせいで、体力を消耗したようだ。拓也には「寝る」としか言わなかった。

リビングで二人だけになったとき、聡子が悔しそうに「月曜日、また病院に行く。たぶん長い闘いになる」と告げた。

医者の話では、薬を吸入して今は咳が治まっているけれど、継続的な治療が必要とのことだった。

「なんでなんだろうな」

拓也はつぶやいた。

「勇翔、がんばってたよ。今日だって強い風のなか、一所懸命にボールを追いかけてた。チームメイトからごちゃごちゃ言われても、ひとことも文句を言わずにね」

聡子の言葉に胸が締めつけられた。

拓也はその姿を思い浮かべることができた。

きっと勇翔なりに明日の試合に向けて、コーチにアピールしたのだろう。先発できると拓也も信じていた。

勇翔の不確かなこれからについてしばらく話したあと、拓也は寝室へ向かった。ドアの近くで寝ている恵里が毛布を蹴飛ばしていた。静かにかけ直してやった。その隣で横になっている勇翔は、今は規則正しい寝息を立て、なにもなかったように眠っている。

拓也は自分も横に寝そべり、暗がりのなかで勇翔の寝顔を眺めた。布団から出ていた右手を軽く握ってみる。温かかった。けれどその手は幼い頃のように柔らかくすべすべではなく、かさついていた。冷たい風のなかを走ったせいかもしれない。それでもその手はまだまだ小さくて、まちがいなく子供の手だった。

拓也は丸く低い鼻先に、自分の鼻の頭を近づけ、やさしく擦《こす》ってみた。

勇翔は微《かす》かに首を横に振った。

長いまつげの端に涙の跡があった。左の目尻《めじり》の下には泣き黒子《ぼくろ》がある。以前はふっくらしていた頰のあたりが、いつのまにかずいぶんと引き締まっていた。

起こさないように顔を寄せ、髪に鼻をつけて嗅《か》ぐと、甘い汗のにおいがした。そのにおいは、拓也が森の奥にボールを蹴ってしまい、暗くなっても勇翔が帰ってこなかった日を思い出させた。あの日、勇翔の姿を見つけ、抱きしめて胸一杯に吸い込んだ汗のにおいと同じだった。拓也にとって、どんな花の香りよりも癒《いや》されるにおいだった。

拓也は寝息を聴き、寝顔を眺めながら、勇翔とのこれまでのサッカーの日々を思い出した。いくつもの場面がよみがえる。自分はいつも勇翔に求めてきた。勇翔はいつもその期待に応《こた》えようとした。

「がんばったな」

髪を撫《な》でながらつぶやいた。

このまま努力を続ければ、チームでレギュラーをつかむだろう。そう思った矢先なだけに、どうにもやりきれない。

サッカーは試合中、ほぼ走り続けなければならない激しいスポーツだ。呼吸器系の病気である喘息を患《わずら》って、果たしてこのまま続けられるのかどうか——。

月曜日、聡子は喘息治療で評判の子供クリニックへ勇翔を連れて行ったが、そこでも気管支喘息と診断された。

気管支喘息は気道が狭くなることにより、咳が出て、呼吸困難に陥《おちい》る病気だ。主な原因はアレルギー。なかでもハウスダストがとくに問題になっているらしい。発作を誘発するものとしては、風邪や運動などが挙げられる。

医者からは気道が狭くなっているから、運動は当分のあいだ禁止とその場で言われた。

聡子が「はい」と神妙にうなずいたとき、「でも、サッカーはやるよ」と勇翔があっけらかんと口にしたらしい。

医者は砂ぼこりが立つような環境は一番よろしくない、と釘を刺した。

「じゃあ、どれくらい休めばいいの？」

勇翔は言ったが、こたえてもらえなかった。医者の立場では明言できない、ということなのだろう。

拓也は喘息について自分なりに調べてみた。

まず驚いたのは、喘息が死に至る可能性のある病気だという事実だ。死者は高齢者に多いようだが、最近になっても年間約二千人が発作によって命を落としていると知った。

喘息に関するもっとも辛《つら》い情報は、部下の後藤によってもたらされた。経験者に尋ねるのが一番だと思い、昼食をおごったときの話だ。

「喘息は完治しないいんですよ」

後藤は陰気くさい表情をした。

さまざまな考え方があるらしいが、それは言わば定説に近いらしい。いつ発作が起きるかわからない恐怖が今もあると、後藤は打ち明けた。


土曜日の練習を休む際、勇翔が喘息を発症したことを聡子が山本コーチに伝えた。しばらくのあいだバンビーノの活動に参加できない可能性を話したら、一ヶ月以上休む場合、休部届を提出するように言われたそうだ。さもなくば、活動費を払い続けなければならない。

「どうしよう？」

「休部か、……果たしてそれだけですむのかな」

思考がどんどん悪いほうへ傾いていく。

勇翔との朝練がなくなり、早く起きなくてすむようになった拓也は、夜遅くまで酒を飲みながら考えた。

それにしてもなぜ息子にばかり試練が訪れるのだろう。勇翔がサッカーをやってきて、幸運に恵まれた瞬間など今まであっただろうか。

がんばっている姿を見ていたから、試合のとき、偶然でもいいから勇翔にチャンスが訪れてくれればと願った。まぐれでもいい。自分の息子を活躍させてやりたいと浅ましく思いもした。けれどそんな場面は、いっこうに訪れなかった。

誕生日のオウンゴールにしたって、ずいぶんな仕打ちじゃないか。

もしかしたら、勇翔はサッカーに向いていないのだろうか。息子が本来目指すべき道とはちがう方向に、自分は背中を押しているのではないか。そんな想《おも》いが胸にふと立ち上がってきた。

サッカーが好きでがんばっている勇翔に、なんとかサッカーを続けさせてあげたい。その気持ちは変わらない。

でも、スポーツはサッカーだけじゃない。

初めてそう思った。

もっと勇翔に合った、楽しみながら、からだを鍛えられるスポーツだってあるかもしれない……。

10月22日（月曜日）ぜんそく
せきが一つでるだけで心配になる。
そのあとどんどん出てくるかもしれないから。

せきをするとカンカンとなってゆれるかんじ。
これはまずいなあと思う。
息がすいづらい。
くるしい。
たすけてほしくなる。
土曜日のよる病院へ行って白い薬の入った空気をすわせられた。
きょうも病院へ行って薬をたくさんもらった。
薬を飲むのはいやだけれど飲むしかない。
ぜんそくをなおして早くみんなとサッカーがやりたいです。

5

喘息《ぜんそく》を発症した勇翔には、バンビーノの活動を一ヶ月休ませることにし、クラブには休部届を提出した。その後、発作は治まったものの、十一月の終わりに風邪を引いてしまい、念のためもう一ヶ月延長手続きをとった。

十月下旬に発作が起きてから約二ヶ月が過ぎた。薬を飲み続けている勇翔は、本人が言うように以前の体調をとりもどしたかにも見える。クラブを休部しているにもかかわらず、自分でサッカーの練習をはじめてしまった。

「どうしたもんかなぁ」

拓也がつぶやく。

「やっぱりいろんな考え方があるみたい。喘息になって運動をやめさせる親もあれば、運動が有効だと考えて、はじめさせる親もいる。同じ学年のヒロム君は、それで水泳クラブに入ったって聞いた。水泳で基礎的な体力や、呼吸をするときに使う筋力をつけるのが目的なんだって。プールは湿気があるから、発作が起きにくい環境でもあるらしいよ」

「なるほどね」

「ほかだと野球とかね」

「野球？」

「そう。野球は攻撃と守備の入れ替えがあるでしょ。スリーアウトごとに休みがとれる。サッカーやバスケットボールみたいに、長時間激しく動き回るスポーツは、喘息の子には負担が大きいみたい」

聡子の仕入れてきた情報に、拓也はうなずくしかなかった。

「どうしてぼくが水泳をやらなきゃいけないわけ？」

バスタブで平泳ぎの真似《まね》をしながら勇翔は不満げだ。

「水泳も楽しいんじゃないかなぁ、と思ってさ」

拓也はつくり笑いで応じた。

「ぼくが喘息だから？」

薄い眉《まゆ》を寄せ、訝《いぶか》しげに拓也を見る。

「いや、そういうわけじゃ……」

大人の魂胆は簡単に見透かされてしまった。

「ぼくは泳ぐ人じゃなくて、サッカーをやる人なの。プールじゃなくて、グラウンド。わかる？」

「わかるよ」

からだを洗い終えた拓也が今度は湯に浸《つ》かり、勇翔は髪を洗いはじめる。

「じゃあ、野球はどうだ？　ピッチャーとか、かっこいいぞ？」

「ぼくのやりたいポジションはピッチャーじゃない。キャッチャーでもない。ねえ、いつかチームの練習に参加できるの？　もう咳《せき》も出ないし、ぼくは元気だよ」

勇翔は口をとがらせた。

最近の勇翔を見ていると不憫《ふびん》でならない。寒いとはいえ、外で思いっきり遊ばせてやりたい。しかし発作を目の当《ま》たりにした聡子は、ああいう思いは二度とさせたくないと、かなり臆病《おくびょう》になっている。

子供部屋の勇翔の机に、紙でつくったサッカーのピッチがあった。その上に紙を切り抜いて絵を描いたサッカーボールと選手が載っている。選手をボールに近づけると、ボールが動く。裏に磁石が貼《は》り付けられているからだ。磁石の同じ極が反発し合う性質を利用した、自作のサッカーゲームだ。

——サッカーが好きなんだもんな。

ゲームではなく、本当の試合を勇翔にやらせてやりたかった。

年が明けて、去年銅メダルを獲《と》ったミニサッカー大会の予定がクラブのケータイサイトに載った。五人制だから、今年も勇翔の出場機会は少ないはずだ。寒いなか体育館の冷たい床に座って風邪でも引いたらと、聡子が反対した。勇翔には黙っていることにした。

＊

営業の外回りから帰社した拓也は、デスクの上にフリーペーパーらしき印刷物が置いてあるのに気づいた。なにげなく手にしたら、囲み記事の「ぜんそく」の文字が目に飛び込んできた。エスペランサ京葉の杉崎《すぎさき》選手に関するコラムだった。

読んだあと周囲を見まわしたが、営業部のブースにはだれもいない。ホワイトボードの後藤の欄には「18時打合せ。直帰」と記されている。

帰りの電車で、フリーペーパーの記事をもう一度読み返した。

コラムのタイトルは「ぜんそくを乗り越えて」。エスペランサ京葉の新人フォワード杉崎は、五歳のときにサッカーをはじめた。小学二年生で喘息を発症したが、その後もサッカーを続け、プロサッカー選手の夢をつかんだという内容だった。杉崎は現在も喘息の薬を服用しながらサッカーを続けている、と告白していた。

映画やドラマの世界じゃなく、実際にそんな選手がいるのだと教えられ、拓也は少し前向きな気持ちになれた。

帰宅後、その記事を聡子に見せた。

「今日も勇翔のやつ、暴れてた。家のなかでボールをバンバン蹴《け》るから注意したら、余計に強く蹴り出すんだから」

「あいつ、サッカーやりたいんだよ。ひとりでボール蹴ってるだけじゃ、つまらないもん」

「――かもね」

「家のなかも徹底的に掃除したし、薬も飲んでるんだからさ、次の週末からバンビーノの練習に参加させないか。それで様子を見ようよ」

「――わかった」

聡子は小さくうなずいた。

*

「勇翔、薬飲んだの？」

聡子の声が狭いリビングに響く。

「飲んだよ」

「〝フルタイド〟は？」

「いけね」

勇翔は頭を掻《か》き、慣れた手つきでステロイド剤の吸入器を扱った。

バンビーノの活動に参加を許された勇翔はとても喜んだ。復帰の数日前からスパイクを自分で磨き、準備を整えていた。「そんなにおまえサッカーが好きだったのかよ」とつっこみたくなるくらい、はりきっていた。

ただ、喘息の不安が消えたわけではない。しばらくは練習にも試合にも聡子が付き添うことにした。拓也としては、勇翔が休部した約二ヶ月半の間に、チームがどのように変化したのか、気になるところでもあった。

とはいうものの金曜日の夜になって、やっぱり明日は出社することにした。

「仕事忙しいの？」

「まあね」と聡子にはこたえたが、自分は勇翔のサッカーから少し距離を置いたほうがいいような気がしていた。

勇翔のために。

そして、自分のためにも。

うまくいかない勇翔を見るのは正直辛《つら》かった。とはいえ試合や練習を見てしまえば、どうしても勇翔の粗探《あらさが》しをしてしまう。見つけた課題を言わずにはおけない。その結果、求めすぎてしまう。ならばいっそ、見なければいい。

勇翔がバンビーノの活動に復帰した土曜日、拓也がマンションに帰ったときには、家族は風呂に入ったあとだった。

「ぜんぜん咳なんか出なかったよ」

髪に湿り気のある勇翔が玄関で迎えてくれた。

もう少し早く帰れば一緒に風呂に入れたのに、と後悔した。

夕食のとき、練習にも問題なくついていけたと勇翔は自慢げに話した。仲良しのツバサがいないなか、楽しくやれているなら、それでいい。あれこれ質問するのは今日はやめておくことにした。


「まったくね」

子供たちが寝静まったあと、聡子がため息まじりに続けた。「勇翔、練習に参加するの、ひさしぶりだったじゃない。グラウンドに着いてみんなのところに行ったら、いきなり言われたもんね」

「なんて？」

「『あれ、勇翔じゃん。おまえ、やめたのかと思ってたよ』」

聡子は子供の口真似をした。

「――ジュンノスケか？」

「そう、失礼しちゃうわよね」

「で、勇翔の反応は？」

「『ちがうよ、やめてないよ』」

　困ったような声色を使う。

「そのまんまかよ」

「そう。そしたらジュンが『ジョーク、ジョーク。待ってたぞ』だって」

「へえー、そうなんだ」

「子供ってよくわからないよね。いじわるになったり、やさしくなったり」

「それが素直ってことなのかな？」

「さあ、どうだろう。山本コーチから聞いたんだけど、ほかの学年にも喘息の子はいるんだって。そういう情報は、クラブ側でちゃんとつかんでいるんだね」

「そうか、勇翔だけじゃないんだ。でも注意するに越したことはないさ」

　拓也は少しほっとした。

「ただね、今回のことで思ったんだけど。——言ってもいい？」

「なに？」

「喘息の原因はたしかに体質だったり、ハウスダストとかの環境だったりするわけだけど、それだけじゃないんだよね。精神的ストレスも、そのひとつなんだって。それを考えたら、あの子は無理して今のチームでレギュラー目指さなくてもいいのかなって、ちょっと思った」

聡子の言葉に、拓也は黙った。

「学校の友だちもいる、ファルコンズは四年生が十人しかいないんだって。強いチームじゃないから、競争も激しくないし」

「それって、チームを変わるって話？」

「そう。ジュンノスケだってそうじゃない。ウチにきて、お山の大将になってノビノビとやってる。前のクラブではBチームだったくせに」

だとすれば、クラブの選択がまちがっていたという話になる。最初から聡子はファルコンズに勇翔を入れたがっていた。クラブのホームページで輝かしい戦歴を目にして、バンビーノを勧めたのは拓也だ。

「四月で五年生でしょ。年度替わりだし、小学校生活はあと二年ある。もし中学のサッカー部に入るなら、学区が同じ子と今からやるのも意味があるし」

――チームを変わる最後のチャンス。

聡子はそう言っている気がした。たしかに六年生からでは一年しかない。それでは遅すぎるだろう。勇翔のことをそこまで考えていたのか、と拓也は思った。自分のレベルに合ったチームで試合に出られるほうが幸せなのかもしれない。

「勇翔はどう思ってるんだろう」

聡子がつぶやいた。

大切なのはそのことだった。

＊

「この頃、父さん見に来ないよね」

勇翔は髪をシャンプーで白く泡立てていた。

ぼんやり湯に浸かっていた拓也は、「え？」と声を漏らした。すぐに勇翔のサッカーの話だと気づいた。

そういえば最近、バスルームでの会話が弾まない。以前のようにサッカーを話題にしなくなったし、そのせいで拓也が熱く語る場面もなくなった。勇翔の言った通り、練習や試合を見に行かないので自然とそうなってしまう。

「仕事が忙しくてな」と言い訳しようかと思ったが、それでは嘘《うそ》になる。

「ほかの子のお父さんは、見に来てる？」

「いつも決まってるけどね。大介のパパでしょ、将吾のパパ、それにジュンのパパ。その三人かな」

「来てくれると、やっぱりうれしいもんかね？」

「どうかなぁ、将吾はいやがってるみたい」

「そうなの？」

「だって、ブンセキされるから」

「分析？」

「ほら、将吾のお父さん、いつもビデオを撮ってるでしょ。家に帰ったら一緒にそのビデオを見ながら、いろいろ言われるんだって」

「へー、そうなんだ」

だとすれば、ビデオ撮影は思い出づくりではないわけだ。

「『マジ、やめてほしい。超ウザイ』って将吾言ってたもん」

物静かで穏やかそうな将吾が、そんな口をきくとは意外だ。

「ジュンだってさ、本当はいやなのかもね」

うつむいたまま勇翔が手探りで手桶《ておけ》をさがした。

拓也は手桶にお湯を汲《く》み、頭にかけて泡を流してやった。

「ところで勇翔の調子はどうなの？」

「うん、まあまあかな」

「まあまあか……」

「土曜日に試合があるよ。練習試合だけど」

「そうか、ひさしぶりに行こうかな。勇翔はいいのか、父さんが見に来ても」

「うん、だいじょうぶ。でもカメラとビデオはやめてね。それはもっとうまくなってからでいい。それから試合中に声をかけるのも」

「わかった」

拓也はもう一度手桶にお湯を汲み、勇翔の頭に勢いよくかけた。

「プハッ」と勇翔は息をした。「ねえちょっと、かけるならかけるって、ひと声かけてからにしてよね」

不満げだが明るい声色だった。

土曜日、勇翔と一緒に小学校のグラウンドへ車で向かった。校門脇《わき》の築山《つきやま》にある梅が咲いている。生徒たちが育てている植木鉢の菜の花が黄色い花をつけ、まぶしいくらいだ。

「春だね」

窓の外を眺めていた勇翔がつぶやいた。

その言い方が妙に大人びていておかしかった。

駐車場に車を停め、勇翔をグラウンドへ送り出すと、メタリックブルーのBMWが校門から滑り込んできた。スペースはほかにも空いているのに、我が家の車の隣に横付けした。若井が窓から顔を出し、「よっ、ひさしぶりだな。死んだのかと思ったよ」と言って笑う。

——そういうとこ、親子でそっくりな。

言い返してやりたかった。

「ジュン君は？」と問えば「あいつなら、もう来てるはず」とそっけない。

あたりさわりのない世間話を交わしたあと、若井は煙草《たばこ》を吸いに校門の外へ向かった。一緒に試合を観戦するのは御免だったから、ベンチとは反対側にある桜のほうへ歩いて行った。桜の蕾《つぼみ》はすでにかなりふくらんでいる。

ほどなく将吾のお父さんがやって来るのが見えた。

「どうも、ご無沙汰《ぶさた》です」

拓也は自分から挨拶《あいさつ》した。

「勇翔君、大変だったようですね」

「ええ、まあなんとか」

「けど、もどってからの勇翔君、いいですよね」

青芝はいつものようにビデオカメラを手にしていた。分析のための。

「そうですかぁ、最近あまり見てないんでね。将吾君の活躍は、かみさんから聞いてますよ」

「いえ、あいつはまだまだです。ぬるま湯に浸かっちゃってますから」

青芝は三脚の準備をはじめた。

ぬるま湯とは、所属するバンビーノを指すのだろうか。だとすればチームに対する考えが、我が家とはちがいすぎる。

「じつは山本コーチと話しましてね」

青芝は三脚にビデオカメラを取り付けた。

「なにをですか？」

「将吾のことです。上のチームでやらせてもらえないかと」

「上のチーム？」

「五年生ですよ。ひとつ上のチームでもまれることが、今のあいつには必要かと思いまして」

「まあ、将吾君なら、たしかに……」

唐突な話題に戸惑いながらこたえた。

「このクラブは個の育成を謳《うた》っている割には、選手それぞれを見ていない。選手に見合ったトレーニングができてない気がするんです。選手には個性がありますからね。ポジション選びにしてもなんだか曖昧《あいまい》だし。将吾はトレセンには選ばれてますが、しょせん〝地区トレ〟ですから」

「トレセン？」

「地域の優秀な選手を育成するトレーニングセンター制度ですよ。四年生からはじまるんですけど、コーチがチームから何人か選んで選考会に参加させたんです」

「え、じゃあバンビーノからは？」

「将吾と大介がテストを受けて、二人とも合格しました」

「そうですか……」

まったく知らなかった。息子が同じチームにいながら、世界がちがう気さえする。

「それで、コーチはなんと？」

「五年生は十五名いるから、なかなかむずかしいと言われました。試合に連れて行っても出場の機会がほとんどないだろうと。このチームでは将吾に対して、そういう評価なんだと再確認しました。でもね、あきらめたわけではないです。あいつが高いレベルでサッカーができるように、なんとかしてやるつもりです」

サッカーのレベルはちがえど、同じ親の悩み。青芝は、将吾について話してくれた。ならば自分も勇翔のことを話してみようと切り出した。

「まだ本人には言ってないので、内緒にしといてほしいんですけど」

拓也は前置きしてから、聡子と話した一件を口にした。勇翔のレベルに合ったサッカークラブに移るべきかどうか。具体的には、近所で活動しているファルコンズを考えていると付け加えた。

「ウチのかみさんとしては、勇翔に楽しくサッカーをやらせたい、と。なんだかんだ言っても、もう五年生ですからね」

「そうですか」

青芝はうなずいた。「さぞ、悩まれたんでしょうね。勇翔君のことを真剣に考えているからこそですよ」

「親が勝手に悩んでいるだけかもしれませんが」

「ファルコンズであれば、すぐにでもレギュラーをとれるでしょう」

「そうですか」

「でもどうですかね、私はあまり賛成できないな。わかるんですよ、お気持ちは。でもね、草野さん、楽しいってどういうことですかね。へたでもサッカーが楽しいって、あり得ますかね。私はないと思う。楽しくなるためには、うまくならなきゃ。試合で活躍して、勝たなくちゃ。そのためには、本人が壁を乗り越える必要があるんじゃないですか」

「壁ですか……」

青芝の言うこともよくわかった。楽な道に進ませれば、次もまた楽な道を選びたくなるかもしれない。

「勇翔君、今伸びてるし、きっと越えられますよ。それに……」

青芝は言いかけてやめた。

「それに？」

「チームの状況なんてものは、いくらでも変わりますから。勇翔君にも必ずチャンスが訪れますよ」

意味深な言葉だった。

主審の笛の音が聞こえ、青芝が慌《あわ》ててビデオを操作する。バンビーノのキックオフで試合がはじまった。

将吾はジュンノスケとのツートップ。勇翔は定位置の右サイドバックで先発した。

青芝が言ったように、勇翔はときおり攻撃にも参加してみせた。あいかわらずジュンノスケや千夏に言われてはいるが、試合中は集中してボールを追っている。以前みたいに後ろに下がってばかりではない。

試合の半ばで勇翔のディフェンスからセンターバックの大介にボールが渡り、そこからの展開でバンビーノのゴールが決まった。

「勇翔、サンキュー！」

ゴールを決めた将吾が、勇翔に向かって親指を立てた。

将吾はプレーをさかのぼり、カウンターの起点となった勇翔の守備をほめてくれたのだ。

サッカーをよく知っている。

「やるじゃないですか、勇翔君」

カメラの液晶モニターをのぞき込みながら、青芝がつぶやいた。

拓也はうれしいというより、胸が詰まった。

勇翔はがんばっている。

まだ、あきらめてなんかいない。


二試合目の終了後、青芝は三脚をたたみ出した。

「じゃあ、店にもどるんで、今日はこれで」

「自営って、おっしゃってましたよね？」

「ええ、朝は早いし休みも少ないし、たまりませんよ」

別れ際《ぎわ》、「勇翔君、もっとボールをたくさん蹴ったほうがいいかもしれませんね」と青芝が指摘した。それには壁に向かってボールを蹴る練習が一番効率がよい、とアドバイスしてくれた。たしかに勇翔はまだまだキックがぎこちない。

「そうだ、いい場所をお教えしましょう。ここからだとちょっと距離がありますけど、ぜひ行ってみてください。将吾もそこでよく練習しました。広場に高い壁があるんですよ」

青芝は行き方を丁寧に教えてくれた。


バスタブで二人向き合い、サッカーの話でひさしぶりに盛り上がった。

話題はもちろん今日の試合。拓也はインタビュアーに扮《ふん》して、勇翔から話を聞き出そうとした。

「それでは草野勇翔選手、まず今日の試合をふり返ってみてください」

拓也はマイク代わりのシャンプーの容器を向けた。

「ええ、今日はゲームを五本やったんですが、そのうち四本出ました」

上気したほっぺたが喜びでせり上がる。

「そうでしたね。また一歩レギュラーに近づきました。それでは、今日の試合でよかった点は？」

「んー、そうですね、よかったのはチームが勝ったことですかね」

「勇翔選手ご自身の収穫については？」

「たくさん試合に出られたことです。あと、これまでよりボールにさわれました」

「では、課題などは見つかりましたか？」

「うーん、クリアのときに、もう少しボールを遠くへ飛ばせるようになりたい」

勇翔は普段の口調にもどした。

「なるほどね、じゃあキックの練習に今度行ってみるか？」

「どこへ？」

「じつはな、秘密の練習場を将吾のお父さんに教わったんだ。高い壁があるから、ボールを思いっきり蹴れるらしい。そこで練習すれば、きっとうまくなるし、キック力もつくと思うよ。ちょっと遠くて車で二十分くらいかかるけど」

「いいね、行く！」

勇翔の声が大きくなる。

「咳のほうは出なかったか？」

「うん、ぜんぜん。もうなおっちゃったみたい」

「まだ薬は飲んでるんだろ」

勇翔はうなずくと、「それから、スクールもやりたい」と言い出した。

「スクール？」

「うん、喘息で休んじゃった分、とりもどしたい」

「でもおまえ、父さんが勧めたときは入らないって言ったじゃん」

「あのときはね……、でも今は行きたい。スクールに通えばもっとうまくなれるし、試合にも出られると思うから」

「まあな……」

拓也はうれしかったが、即答は避けた。

「朝練もまたはじめない？」

「朝練か……」

「暖かくなってきたし、やろうよ」

どうしたものかと尻込《しりご》みをする。

バスルームのドアが突然開き、聡子がにらんだ。

「いつまで入ってるの、ごはん冷めちゃうよ」

拓也は口から泡《あぶく》を出しながら湯のなかに顔半分潜った。勇翔も真似をしたが、すぐに顔を出し、狭い天井に笑い声を響かせた。

その夜、拓也は聡子と話し、勇翔をこのままバンビーノでプレーさせることに決め、ファルコンズへの移籍話はお終《しま》いにした。

＊

驚くべきニュースを拓也が耳にしたのは、寒さがぶり返した三月の最終土曜日。桜がすでに咲きはじめたグラウンドで、進級前の勇翔の練習を見ている最中だった。そういえば練習する四年生のなかに将吾の姿はなく、青芝も見当たらなかった。

「ほんとですか？」

「ええ、決めたらしいです」

大介パパは背中をまるめた。

「でも、なんでまた？」

「青芝さん、不満だったんでしょうね。クラブのやり方が」

「けど、それにしても突然すぎるでしょ」

拓也は声をひそめた。

大介パパの話によれば、青芝将吾がバンビーノをやめ、四月からリトルブルーに移籍するという。リトルブルーとは、ジュンノスケが所属していたクラブで、去年の県大会ではエスペランサ京葉ジュニアに準決勝で敗れたものの、四年生チームは第三位の成績を収めた。

「将吾のやつ、エスペランサのセレクションの最終選考で落ちたそうですよ。青芝さん、それがこたえたのかな。去年のミニサッカー大会では銅メダルだったのに、今年は入賞さえできなかった。試合に負けたあと、青芝さんが落ち込んでる将吾のことをいきなりどやしつけたんです。山本コーチがあわてて止めたんですけど、逆に意見されちゃって、タジタジでしたよ。山本コーチにとって、青芝さんは〝ケンイナ〟の大先輩だから、やりにくかったでしょうね」

「そうなんですか？」

「青芝さん、全国大会は逃したらしいけど、当時はチームの中心だったようですよ。将吾にも同じ高校でプレーさせたいんでしょうかね。〝ケンイナ〟には、リトルブルー出身者が多いって話ですから、それもあるのかな」

大介パパは冷めた口調で話した。

帰りの車のなかで勇翔からも話を聞いた。山本コーチから子供たちにも将吾の退団についての話があったそうだ。

「どうしてかな？」

拓也がつぶやくと、「どうしてだろうね」と勇翔もつぶやいた。あまり実感がわかないのか、まだ半信半疑の様子だ。


家に帰って聡子と話すと、すでに将吾の電撃移籍については知っていた。ママさんたちからの連絡で情報を入手したようで、「そうなんだってね」と眉をひそめた。

「青芝さん、ずるいよな。おれには勇翔の移籍を思いとどまるように言ってたくせに」

「前から決めてたのかな？」

「わからない。クラブに対する不満は、たしかに口にしてたけどね。将吾がいなくなったら、バンビーノは苦しくなるだろうな。これでますますジュンノスケが調子づくんじゃないか」

「将吾、本当にそうしたかったのかな……」

「どうかな、父親の意向が強かったのかも。そういえば青芝さん、〝ケンイナ〟のサッカー部だったんだってな」

「〝ケンイナ〟？」

「おまえ、〝ケンイナ〟も知らないのか。県立稲穂高校っていったら、ここらじゃサッカーの名門だぞ。公立高校ながら、全国大会に何度も出場している古豪だ。おれだって子供の頃は、〝ケンイナ〟の渋い黄色のユニフォームに憧《あこが》れたもんだよ。あの色は実った稲穂の色だって聞かされたもんさ。青芝さん、そこの中心選手だったらしい」

「へー、そんなにすごいとこでサッカーやってたんだ。だから将吾にも求めちゃうんだろうね。元アスリートの子供の辛いとこだよね」

「おれから見れば、将吾はじゅうぶんがんばってた」

「でも勇翔にとってはどうなんだろう。チームの絶対的なレギュラーがいなくなったわけでしょ」

聡子はあっけらかんと言った。「それって、絶好のチャンスじゃん」


翌日の日曜日、学校のグラウンドで高学年の試合が組まれたため、四年生の活動はオフになった。拓也は勇翔を車に乗せ、青芝に教えてもらった郊外にある広場へ向かった。

「うわー、高いなあー」

勇翔はすり鉢状の地形にある広場に巡らされた壁を見上げた。

すぐ隣に貯水池がある。以前はここも池だったのかもしれない。サッカーのピッチが二面収まりそうな広さがあるわりには、利用している人の姿は少ない。遊具などはなく、だだっぴろい広場のせいだろうか。中学生らしき男子が壁に向かってボールを蹴っているほかは、テニスの壁打ちをしている大人が二人いるだけ。公園の入口に必ず立っている「危険な球技は禁止」という意味不明な看板もなく、サッカーが禁止されているようでもなさそうだ。

「ここならボールを思いっきり蹴れるぞ」

「すごいよ。こんなとこで将吾は練習してたんだね」

勇翔はさっそくスパイクに履き替えた。

そのあいだに中学生らしき男子は帰ってしまい、拓也たちが向いている壁は貸し切り状態となった。

勇翔はバッグから黄色のマーカーコーンを取り出し、壁に近づいていった。マーカーコーンを壁際にひとつ置き、そこから歩幅で距離を測り、もうひとつを壁際に置いた。

「なにしてるんだ？」

「きまってるじゃん。ゴールだよ」

勇翔が微笑《ほほえ》んだ。

サイドバックの勇翔は、十一人制のサッカーの試合で未《いま》だゴールを決めた経験がない。練習試合でも、もちろん公式戦でも。おそらくシュートを打ったことすらない。まずはしっかり守らなければならないポジションであり、それはそれでしかたないとも思うのだが――。

唯一《ゆいいつ》拓也が知っているのは、ミニサッカー大会でのゴール。決定的瞬間は、ビデオ撮影に夢中になった青芝に邪魔をされ、見ることができなかった。そのとき腹を立てた青芝がこの場所を教えてくれた。不思議なものだ。

子供にとって、サッカーへの憧れは、やはりゴールなのかもしれない。スペースはじゅうぶんあるから、二人でパス練習をしてもよかったが、勇翔にはそのつもりはないらしい。壁につくったゴールめがけて、ひとりでボールを蹴りはじめた。拓也は近くにあるベンチに腰かけ眺めることにした。

壁から十五メートルくらい離れて、勇翔はボールを蹴っていた。しかしボールはなかなか飛んでくれない。ノーバウンドで壁にぶつからないため、自分のところまではね返ってこない。何度もボールを取りに壁際まで歩くはめになる。

たまらず拓也は立ち上がり、声をかけた。「勇翔、そうじゃなくて、こうだよ」。蹴り方のジェスチャーをしてみせる。

「上半身を使って」

「踏み込みが浅いぞ」

「もっと強く！」

「蹴り足の引きが弱いんだよ」

勇翔のキックはますますぎこちなくなっていく。

「勇翔！　何度言ったらわかるんだ」

思わず拓也は叫んだ。「そうじゃなくて、こうだよ」。ふりだしにもどっていた。

拓也はため息をついた。

見ているとイライラする。視線を移し、テニスの壁打ちをしている大人たちをしばらく眺めた。二人ともかなりやり込んでいるのか、壁のほぼ同じ場所にフォアハンドで正確にボールを打ち返す。ひとりはかなりの年配で、髪の大半が白かった。もうひとりも四十代後半だろうか、少なくとも自分より年上だ。

しばらくして勇翔のほうを見ると、さっきより壁に近い位置に移動してボールを蹴っていた。壁にはね返ったボールをトラップして、マーカーコーンでつくったゴールに向かって蹴り返す。要はテニスの壁打ちをラケットではなく、足でやっているかっこうだ。キックの練習だけでなく、トラップの練習にもなる。一石二鳥だ。

「よし、いい感じいい感じ」

しかしよく考えてみれば、壁が近くなっただけにすぎない。最初からその位置でやればよかったのだ。勇翔に言いすぎたと反省する。

「ここはいいね。将吾がうまくなったのもわかる気がする」

休息して水筒の水を飲む勇翔の額に汗が光っている。

「だったらまた来よう」

「できれば平日に来れるといいな」

たしかに土日の試合や練習のあとでは、からだに負担がかかる。

「ママに頼んでみれば？」

「そっか、そうする」

勇翔は赤く上気した頬で笑った。

渡したタオルで汗を拭《ふ》き、勇翔は再び壁に向かった。

最初に比べたら少しはボールが蹴れるようになった気もする。うまくなるには繰り返し蹴るしかない。それを実行するには最高の場所だ。

青芝は将吾がやめる前に、いいところを教えてくれた。考えてみれば、偶然ではないような気がした。すでにあのとき将吾を退団させる腹は決まっていたのかもしれない。

広場をあとにするとき、カーナビに地点登録をした。こうしておけば聡子でも迷わずに来ることができる。タッチパネルを操作して、登録名の編集画面になったとき、「ぼくにやらせて」と勇翔が手を伸ばしてきた。

少し考えてから勇翔は指先を動かした。

「これでどうかな？」

登録画面には「しょうごのかべ」と打ち込まれていた。

「将吾の壁か、いいね」と拓也は笑った。

本人の強い希望もあり、四月から勇翔はバンビーノのスクールに通いはじめた。小学校の体育館で行われるスクールは火曜日と木曜日にある。火曜日は英語の塾があるから、木曜日だけの参加とした。その代わり水曜日に「しょうごのかべ」に聡子が連れて行くことになった。

聡子は毎週水曜日の「しょうごのかべ」行きを最初は渋っていたが、とくに練習を見ている必要がないとわかり、その時間を使って買い物をするようになった。正式名「貯水池公園」近くに、地元の農産物の直売所があるらしく、近所のスーパーで買うよりも新鮮で安く野菜が手に入るという。最近はそれを楽しみに送迎をしている。

勇翔の放課後のスケジュールは、火曜日「英語の塾」、水曜日「しょうごのかべ」、木曜日「サッカースクール」、土日が「ＦＣバンビーノ」となり、週に四日サッカーをするようになった。

「だいじょうぶなのか？　友だちと遊べるの月曜と金曜だけだぞ」

拓也がからかい半分に言うと、「平気だよ、楽しいもん」と勇翔は鼻孔《びこう》をふくらませた。

「なんでそんなにやる気になったわけ？」

「だってさ、ぼくにとっては絶好のチャンスなんだよ」

聡子と同じ言葉が返ってきた。

＊

五年生になってコーチが替わった。

山本コーチから成瀬《なるせ》コーチへ。三十代前半の成瀬コーチは、クラブでは高学年を受け持っている。噂《うわさ》によれば、サッカーだけでなく、日頃の生活態度などにも厳しいコーチらしい。

ホームグラウンドで練習試合が組まれたのは、ゴールデンウイーク前の日曜日。五年生になり、コーチが替わって最初のゲームになる。天気もよく、拓也は夫婦でグラウンドに観戦に出かけた。

「今日は全員揃《そろ》ってるって」

ママさんたちとのおしゃべりを終えた聡子が教えてくれた。

「じゃあ、メンバーは十二人か」

要するにベンチはひとりだ。

「今年は新入部員もいないから、ずいぶん少なくなった感じだよね」

ツバサがサッカーをやめ、将吾が移籍し、クラブ員は十二人に逆もどり。大介パパはさぞや落胆しているだろう。拓也は内心ほっとしていた。勇翔が先発を外される心配が少なくなった。チームが強くなるよりも、まずは自分の息子が試合に出られるかどうか、それがもっとも重要だ。

「若井のやつ、今日は来てないな」

拓也はグラウンドを見まわした。

「そういえば、駐車場にもあの車、停まってなかったね」

大介パパや聖也パパと挨拶を交わしたあと、以前よく観戦した場所、銀杏《いちょう》の木の近くに聡子と並んで折りたたみ式の椅子《いす》を広げた。銀杏は深緑の葉を身に纏《まと》い、気持ちよさそうに空に枝葉をのばしている。

「今日は暑くなりそうだな」

拓也は上着を脱いで半袖《はんそで》になった。

対戦相手のマスカット色のユニフォームに続いて、イエローのユニフォームのバンビーノの選手たちがピッチに入ってくる。

拓也の目は背番号68を探した。

——いた。

ベンチには、ぽつんと54番のミツルの背中があった。そういえばミツルの両親も、ツバサの両親がそうだったように試合を見に来ない。

スタメンに入った勇翔は、通いはじめたスクールに休まず参加している。「しょうごのかべ」でのキックの特訓も続けている。拓也との朝練も少し前に再開した。去年、ボールを怖がっていた頃と比べれば、からだもひとまわり大きくなった気がする。

両チームの選手が整列し、試合前の挨拶を交わした。オレンジ色のキャプテンマークを左腕に巻いた大介が、相手チームのキャプテンとジャンケンをした。

両チームがそれぞれの陣地で円陣をつくる。その円陣のなかに勇翔もいる。そのことが拓也はうれしかった。

大介が「絶対勝つぞー!」と叫び、肩を組んだ十一人が「おーっ!」と声を上げた。選手たちはそれぞれのポジションに散っていった。

「あれ?」

聡子が声を漏らした。

「ん?」

拓也は身を乗り出した。

試合がはじまろうとしていたが、いつものポジションに勇翔がいない。

「あいつは？」

「いるよ、――あんなところに」

聡子が指さした。

主審が笛を吹き、バンビーノのボールでキックオフ。最初にスパイクのつま先でちょこんとボールを前に出したのが、背番号68の勇翔だった。

「どういうこと？」

拓也は思わず立ち上がった。

まちがいなく勇翔はフォワードのポジションでプレーしていた。ジュンノスケとのツートップ。

と、そのとき、ポケットのケータイが震えた。着信は、会社の部下、後藤のケータイからだった。

「はい、草野ですけど」

グラウンドに視線を置いたまま応答した。

「すいません、お休みのところ。ちょっと今いいですか？」

電話に出たことをすぐに後悔した。声色で業務上のトラブルだとわかった。

「どうした？」

「クレームが発生しました。ぼくが担当しているエリアです」

後藤の話では、昨日配布した自社の情報紙の広告に誤りが見つかったというのだ。広告主からの連絡でわかった。明日にでも上司と謝罪にうかがうと後藤がこたえたところ、「ウチは月曜日は休業日だ」と怒鳴られたらしい。「今すぐ説明に来い」と求められたとの話だった。

「どんな誤植《ごしよく》なの？」

「それが、開店五周年記念フェアーの広告で、期日の変更が生きてなくて」

「原因は？」

一拍置いてから、「すみません、ぼくのミスです」と声がした。「締め切り間際に口頭で伝えられたんですが、うっかり忘れてました」

「そいつはまずいな。とりあえず、これから一緒に謝りに行こう。先方にそう連絡して」

「わかりました」

消え入るような声が耳に残った。

聡子に事情を話したところ、車で家まで送ると言う。二人で折りたたみ椅子を仕舞いはじめた。

「なんでこんなときに……」

つぶやいてから拓也は駐車場へ向かった。

「しかたないよ、仕事だもん」

前を歩いている聡子の声が聞こえたとき、背後で喚声が上がった。

どうやら試合が動いたようだ。

ふり向くと、銀河ママと千夏ママが小躍りするようにして喜んでいる。しかし人垣と木立が邪魔をしてピッチは見えない。

「点が入ったのかも」

拓也は立ち止まった。

「ねぇ、パパ、急ごうよ」

聡子にうながされ、拓也は車に乗り込んだ。


「この度は大変申しわけありませんでした」

立ったままの拓也の前にはなにもなかったが、パントマイムのように両手を宙《ちゅう》につき、頭を深く下げた。

隣で後藤も同じ姿勢をとる。

何回同じ動きを繰り返しただろう。問題が生じた広告のクライアントであるフランス料理店のオーナーは自分だけ椅子に座って腕を組み、黙り込んでいる。開店五周年記念フェアーの日付が一日前後してしまったこと、それとはべつに、後藤の最初の対応にひどく腹を立てている様子だ。

後藤は自分の部下であり、監督責任は自分にありますと言って、拓也は何度も頭を下げた。オーナーは組んだ両腕をようやく解き、散々小言を並べた。「あんたたちにとっちゃ今日は休日だろうが、こっちは働いてんだ」とか、「どうせウチのような小さな店には、新人をあてがうんだろ」などと言われる度に、拓也は頭を下げた。

クレーム処理はなんとか午後五時過ぎに目途がついた。今回の事態を招いた原因について月曜日に報告書を提出すること、期日の誤りにより実質的な損害が出た場合の対応、広告料金の値引きを約束した。

その帰り道、めずらしく後藤のほうから「飲みませんか」と言ってきた。

拓也としては早く家に帰りたかったが、落ち込んでいる部下の誘いを無下《むげ》にもできず、駅前にある店の暖簾《のれん》を二人でくぐった。立ち飲み屋を選んだのは、早めに引き上げたかったからだ。

「すいません、今日はぼくのせいで、さんざんな休日になってしまって」

後藤は神妙な面持ちだ。

「まあ、なんとかなりそうだし、あんまり落ち込むなよ。課長には、明日相談するから」

拓也は言って、後藤の前に置かれたままの生ビールのジョッキに、自分のをコツンと当てた。

「草野さんにまで、何度も頭を下げさせてしまって」

「まあ、いいって。こんな頭くらいなら、何度でも下げるさ。おれも昔は上司に付きそってもらった口だから。報告書をつくるのも慣れてるし」

拓也はネクタイをゆるめながら強がってみせた。

店のテレビではサッカーの試合中継が放送されていた。勇翔の試合のことが、ちらりと頭をかすめた。

試合はエスペランサ京葉対鹿島《かしま》アントラーズ戦。エスペランサはホームゲームにもかかわらず2点をリードされていた。ボールがタッチラインを割った際、主審が手を挙げて、エスペランサの選手が交代した。

「あ、杉崎が出てきた」

拓也はつぶやいて、「そういえば、あの記事ありがとな」と思い出して礼を言った。

後藤は「は？」という顔をしている。

「ほら、喘息を乗り越えてプロになった杉崎選手の記事だよ。デスクの上に置いといてくれたろ？」

後藤は首をひねり、「話が見えないんですけど」と困惑気味にこたえた。

どうやらあのフリーペーパーは、後藤の仕業ではないらしい。だとしたら、単なる偶然だったのだろうか。

「息子さん、喘息の具合、その後どうですか？」

「薬を飲みながらだけど、サッカーやってるよ。本人がどうしてもって感じなんでね」

「そうですか、それはよかった。考えてみたら、ぼくが喘息になった頃とは時代がちがいますからね。いい薬もできたでしょうし」

「エスペランサの杉崎はね、病気の子供にも夢を与えるために、自分が喘息持ちであることを公表したみたいだな」

「へー、かっこいいですね」

「じつは今日、息子の試合だったんだ」

「そうだったんですか……」

「いや、それはいいんだけどさ。勇翔のやつ、フォワードで先発したみたいなんだよね」

「あれ、前に聞いたときは、サイドバックって言ってませんでした？」

「そうなんだけどさ」

拓也の口元が自然とゆるんだ。

「フォワードですか、そいつはすごいや」

「いやいや」

拓也は必要以上に照れながら、右手をひらひらさせた。生ビールをグイッと飲み干して、すぐに二杯目を注文した。

気がつくと三十分くらい、息子のサッカー話をしゃべり続けていた。

「悪いね、独身の後藤には、子供の話なんてつまんないよな。所帯を持って子供ができると、どうしても子供中心の人生になっちゃってね」

「いえいえ、お客さんのなかにも、けっこうそういう人多くて、慣れてますから」

「親なんて、みんな自分の子供が一番だと思ってるからな」

拓也は自嘲《じちよう》気味に笑った。

「そういえば、課長は飲んだときも家族の話はしませんね」

「飲んだの？」

「ええ、このあいだ」

「小田切さん、仕事人間だから」

「結婚してるんですよね？」

「たしか息子がいるはず。もう大学生くらいになるのかなぁ」

拓也は首をかしげた。

「けっこう謎《なぞ》ですよね、課長って」

言われれば、そんな気もした。

串揚《くしあ》げをつまみに、生ビールを三杯ずつ飲んで店を出た。

いい気分になったのか、後藤に「もう一軒どうですか」と誘われたが、さすがに断った。

休日のくせにやけに混雑している下り電車に乗り込み、ドアにもたれて窓の外を眺めた。

胃が重たかった。調子に乗って食べすぎた串揚げのせいだけではなさそうだ。今日のクレーム騒動を思い出していた。

小田切は顧客を大切にする営業マンだ。今回の対応のまずさが耳に入れば、後藤の監督責任を問われるはずだ。これでまた評価が下がるかもしれない。報告書をつくり、クライアントに会いに行き、今日と同じように頭を下げるのかと思うと憂鬱《ゆううつ》にもなる。値引き交渉では、どうせ足もとを見られるに決まっている。窓の外を眺めながら、拓也は酒臭いため息でガラスを曇らせた。

午後八時過ぎにマンションの玄関にたどり着いた。

「ご飯は？」と聡子に問われたので、「後藤と軽く飲んできたから」とこたえた。

「お疲れさまでした。勇翔、さっきまで待ってたよ、一緒にお風呂に入るって。今入ったばかりだけど、どうする？」

「わざわざ待ってなくてもいいのに……」

うれしいくせにそう言って、拓也は廊下でスーツを脱ぎはじめ、バスルームへと急いだ。

「おかえりー」

恵里がリビングから顔を出した。めずらしくにこやかだ。

脱衣所でワイシャツを脱ぎはじめたとき、バスルームから鼻歌が聞こえてきた。

「入るぞ」と声をかけ、曇ったドアを開ける。温かな湯気が勢いよく裸の全身を包み込んだ。

「おかえりなさい」

バスタブに浸かり、縁の上に両足をのせた勇翔がこちらを見た。

「今日の試合どうだった？」と拓也が尋ねる前に、勇翔が口を開いた。

「決めたよ！」

「え？」

「だから、決めたって」

「なにを？」

勇翔が湯のなかで右足を振ってみせた。

「まさか、ゴールってこと？」

コクリとうなずく。

「まじで？」

「マジで」

「ほんとかよ？」

「やっぱさ、ぼくってなにか持ってるかも」

勇翔が小鼻をふくらませた。

拓也は笑いがこみ上げてきた。そんなことってあるのだろうか。まだ半信半疑だった。

「で、どんなゴール？」

「見てなかったんだってね。試合開始二分くらいだったかな。敵のディフェンダーからボールを奪ったの。ゴールまで少し遠かったけど、思い切ってシュートしたら入っちゃった」

まぶたに、その光景が鮮やかに浮かんだ。「見たかったなぁ」と拓也は身もだえた。

「ぼくも見せたかった」

「けど、なんでまた、今日はフォワードやったわけ？」

そのことがまず大きな疑問だった。

「試合前に成瀬コーチが全員に聞いたの。ツートップでいこうと思うけど、ジュンのほかにだれかフォワードやらないかって。将吾がいなくなっちゃったからね。そしたらみんな、しーんとしちゃって。コーチが、じゃあ今日はワントップでいくぞって言ったから、『やりたいです』って思い切って手を挙げたの。そしたら、よし、勇翔でいこうって」

「すごいじゃん」

「そうかな？」

「よくぞ立候補した」

拓也は両手を伸ばし、勇翔の頭を撫《な》でまわした。

チームには新たなフォワードが必要になった。しかし、退団した将吾の代わりとなれば、手を挙げるにはかなりの勇気がいるはずだ。結果を出せなければ、それみたことかと叩《たた》かれる。チャレンジした息子が誇らしかった。

「よくやった」

「うん」

白い歯を見せて勇翔は笑った。

拓也はようやくバスタブにからだを沈めた。勇翔と一緒に湯に浸かれば、いやなことはすべて吹き飛んでしまう。頭を何度も下げたことも、並べ立てられた小言も、日曜日の夜に囚《とら》われる憂鬱もなにもかも。自分でも単純すぎると思うくらいに。

「で、今日の試合、なん対なんだったの？」

「5対0だよ」

「圧勝だな。だれが決めた？」

「ぼくでしょ、ジュンが2ゴール、銀河、それと聖也だね」

「そうか、ジュンのやつもなかなかやるな」

「でもね、成瀬コーチが試合のあとで言ってた。勇翔のゴールがとても大事だったって。あの先制ゴールで、チームはリズムに乗れたって」

「へえー、成瀬さん、いいこと言うね」

「明日も練習する」

勇翔は勢いよくバスタブのなかで立ち上がった。

「父さんもがんばるよ。だから勇翔のゴールシーン、見せてくれよな」

4月21日（日曜日）はつゴール。

今日ぼくはフォワードで先発した。うれしかった。

試合がはじまってすぐにてきからボールをうばってシュートした。そしたら入った。とてもうれしかった。

試合は5対0で勝った。はじめて一試合に全部出た。ぼくは1ゴール。ジュンは2ゴール。ジュンは2ゴール決めたから、１００円もらえると喜んでいた。1ゴール５００円のけいやくをお父さんと結んでいるからだ。ぼくは結んでないから0円だけど、それでもすごくうれしかった。

またフォワードで出たいです。

6

五年生になって初めての練習試合。

勇翔は自ら志願してフォワードで初先発、初ゴールを決めた。その記念すべきゴールシーンを拓也はまたしても目にすることができなかった。

勇翔からしつこく聞き出した話をもとにして、拓也はゴールシーンを頭のなかで再現し、前頭葉のスクリーンに投影させた。何台もの脳内カメラでアングルを変え、スローで、あるいは勇翔のスパイク「ブルーサンダー」がボールをとらえるインパクトの瞬間をスーパースローで再生してみたが、どうもリアリティーに欠ける。嘘《うそ》くさく見えてしまう。

——情報が足りないせいだろうか。

そこで拓也は尋ねた。「あのシュートを決めたあと、ガッツポーズはどんな感じでやったの？」

「またその話。そんなこと、もう忘れちゃったよ」

勇翔はうんざりした顔でこたえた。

それもそのはずだ。あれから一ヶ月が経《た》とうとしていた。

勇翔はその後もジュンノスケとのツートップで試合に出場し続けたが、六試合連続ノーゴール。不名誉な記録を更新中。

正直、今日あたり先発を外されるか、ポジションの変更があるかもしれないと拓也は内心冷や冷やしていた。しかし成瀬コーチはなかなか辛抱強く、勇翔を使い続けてくれた。

だが今日の試合ではゴールどころか、ボールにさわることすらままならなかった。二試合ともチームが勝ったことが、せめてもの救いといえた。

今日の試合では、ジュンノスケが2ゴール、トップ下に定着しつつある銀河が1ゴールを決めた。

試合中、若井はピッチサイドで息子に指示を出しまくっていた。タッチラインを挟んで親子で話をはじめたときは、さすがにやりすぎだろうと顔を背けた。しかしその直後にジュンノスケがゴールを決め、拓也は複雑な気分になった。

「いやあ、とにかく勝ってよかったですね」

試合後、銀杏《いちょう》の下で大介パパに声をかけられた。

大介はキャプテンとして、またセンターバックとして守備に貢献していた。二試合とも無失点に抑えたのだから、父親としても気分はいいだろう。

「守備では大介君が効いてましたね」

拓也がほめると、「まあ、今日対戦したチームには、以前は大差で勝ってたからね」と苦笑いを浮かべた。

大介パパの言う「以前」とは、もちろん将吾がチームを去る時点より前を意味した。いや、勇翔がフォワードをやる以前、とも受け取れる。

「ほんとにフォワードがやりたいんですかね、勇翔君は」

大介パパが唐突に言い出した。

拓也は戸惑い、薄笑いを浮かべるしかなかった。

そんな人の気も知らずに、「なんで成瀬コーチは、勇翔君をフォワードで使うのかなぁ」

と大介パパは首をかしげている。

「それはですね――」

拓也は頰を引きつらせながら、成瀬コーチが試合前にフォワードの希望者を募った一件を話した。その試合で志願した勇翔がゴールを決めたことに触れようとしたとき、「でも、どうかなぁ、勇翔君はやさしいからなあ」と大介パパは口にした。暗に勇翔はフォワードに向いていない、と忠告しているとさえ思えてきた。

しかし現状の勇翔を見れば、そう言われてもしかたがない。今の勇翔は「フォワード」ではなく、単に「前にいる選手」にすぎない。コーチは我慢しているわけではなく、もはやあきらめた、という見方もできる。守備にも不安の残る勇翔を前線に〝捨て駒《ごま》〟として置いただけなのだと……。

帰りの二人だけの車内では、勇翔の口数がいつになく少なかった。からだが疲れたというよりも、気分的に沈んでいる様子だ。背中が助手席のシートに張りついたように動かず、ぼうっとしている。

「今日はシュートを何本打った？」

拓也は努めて明るく尋ねた。

「三本かな……」

「そうか、二試合で三本か……」

拓也は残念ながら、そのうちの一本も思い出せなかった。おそらくシュートを打ちにいき、ディフェンダーにブロックされた場面を数に入れているのだろう。枠をとらえ、相手の肝を冷やすようなシュートは、まちがいなく一本もなかった。

しばらく考えてから拓也は口を開いた。「シュートがあまり打てなかったのは、どうしてかな？」

仕事上での契約交渉がうまく運ばなかったとき、まずは原因を探れと、上司の小田切によく言われるからだ。

「シュートチャンスがなかった」

「そりゃあ、その通りだ。じゃあ、どうしてチャンスがなかったんだ？」

今度は勇翔がしばらく考えてから口を開いた。「パスが来ないから」

「パスが来ないから、か」

拓也は勇翔の言葉を繰り返したあと続けた。「なるほど、それはいいとこに気づいたな。相手のゴールに一番近いポジションにいるのがフォワードだ。フォワードの最大の役目はゴールを決めることだよな。カウンター攻撃のときなんかは別だけど、フォワードは多くの場合、ゴール前でのパスの受け手になる。パスが来ないんじゃ、話にならないよな」

勇翔はコクリとうなずいた。

「じゃあ、なぜパスが来ない？」

拓也は尋ねた。広告の契約がとれなかった言い訳をすると、小田切はすかさずつっこんでくる。

「え？」

「なにが理由だ？　なにか思い当たることある？」

「あると言えばあるけど……」

勇翔は口ごもった。

「言ってごらん」

「ジュンはね――」

勇翔は自分を拘束しているシートベルトをいじりながら言った。「ゴールを決めたら、おこづかいをもらえるから」

拓也にとって思いがけないこたえだった。しかし、若井のやつならやりそうなことだ。

「銀河はカードを買ってもらえるって」

「そういえば、今日二人ともゴールを決めたな。じゃあ自分でシュートを決めてお金やカードが欲しいから、おまえにパスを出さないってわけか」

「だ、と、に、ら、ん、で、る」

勇翔は口をとがらせた。

「で、ジュンノスケは1ゴールいくらもらえるんだ？」

「五百円って言ってた」

「じゃあ、今日は千円稼いだわけだ」

「うん、帰る前、自慢してたもん」

ジュンノスケのやつも黙っていればいいものを、と思ったが、そこはやはり子供なのだ。うれしさ余って口を滑らせたにちがいない。

ハンドルを握りながら、ここは思い切った手を打とうと拓也は作戦を練った。

翌日、外回りの営業から早めに帰社した拓也は、パソコンに向かって手早く文書をつくり上げた。あたりを見まわしてから印刷ボタンを押し、プリンターにダッシュする。しかしプリンターが作動しない。焦《あせ》って原因を調べたら、用紙エラーの表示が出ていた。用紙の補充を急いですませたとき、営業企画課の電話が鳴った。

デスクにもどり電話を取ると、だれかがプリンターに近づくのが見えた。小田切課長だ。思わず息を呑《の》み、受話器に向かって会社名を名乗った。

「ああ、後藤です。今日は現場から直帰しますんで」

のんきそうな声が聞こえた。

「はい、承知しました」

動揺して部下に敬語を使ってしまった。

「は？」という声が聞こえたが、そのまま電話を切った。

小田切が近づいてきて、プリントを拓也に差し出した。

「え？」

「これ、君のだろ」

「あ、はい」

拓也が慌《あわ》ててこたえると、小田切は目を細めた。笑ったのか、にらまれたのか、よくわからない。

「とてもユニークな契約書だな」

「いえ、これは……」

「仕事の契約のほうも、よろしく頼むよ」

小田切はパーティションの向こうに消えていった。

その日は勇翔の就寝前に帰宅した。

聡子が風呂に入っている隙《すき》に、勇翔をリビングのテーブルに呼んで、通勤用の鞄《かばん》からプリントを取り出した。

「おまえに提案がある」

「なあに？」

パジャマ姿の勇翔は眠たげな目でこたえた。

「父さんと契約を結ぼう」

「契約？」

「そうだ。今後ゴールを決めたら賞金を払うことにする。これがその契約書だ」

拓也は不覚にも小田切に見られてしまったプリントを勇翔の前に滑らせた。そこには「選手けいやく書」と厳かな楷書《かいしょ》で印字されている。

勇翔は目をまるくして読んだ。

「賞金はジュンノスケより百円上乗せした。1ゴールにつき六百円を支払う。そこに書いてあるように、一試合で3点とってハットトリックを達成すれば3ゴールで千八百円になるけど、ボーナスの二百円をプラスして二千円を支給する。これでどうだ？」

「えっ？」

勇翔は薄い眉毛《まゆげ》を寄せた。

「悪くない条件だろ」

「でもいいの？」

「いいよ。ただ、このことはだれにも言うな。チームメイトにも、母さんにも、恵里にも絶対内緒だぞ」

勇翔はコクリとうなずいた。

「これでおまえもゴールを決められるよな？」

「うん、がんばる」

「じゃあ、ここにサインをしてくれ」

勇翔は署名欄に、自分の名前を鉛筆で慎重に書き込んだ。


拓也は想像ではなく、しっかりとこの目で息子のゴールを見て、脳裏に焼き付けたかった。おそらくフォワードとしての勇翔のチャンスはあとわずかしかない。なぜゴールを決められないのか。その理由を勇翔に気づかせたかった。

クラブのケータイサイトのスケジュールによれば、来週も練習試合が組まれている。そして六月の欄には、五年生の県大会の予定がアップされていた。

拓也は苦い記憶を呼び覚ました。去年の県大会は、勇翔の出番はほとんどなかった。チームが二回戦に進んだ試合で勇翔は後半出場したが、ヘディングでオウンゴールをしてしまい、チームは負けてしまった。

試合後、勇翔は泣いていた。

あのときはサイドバックだった。今はフォワードにポジションが変わっている。

果たして汚名返上となるだろうか。

土曜日、拓也はバンビーノの練習試合の車出しを引き受けた。

車出しのボランティアに手を挙げる親はいつも決まっていた。大介パパ、青芝、千夏ママ、聖也パパあたりだ。いずれも低学年の頃から子供が先発メンバーから外れたことがなく、子供のサッカーに熱心な保護者といえる。

しかし将吾がチームを去り、聖也パパの休日出勤が増えたため、今回は車出しできる保護者が足りず、聡子のすすめもあって拓也は協力を申し出た。

勇翔を乗せて小学校の駐車場に到着したのは、出発時間午前八時の十分前。成瀬コーチと大半の子供たちはすでに集まっていた。勇翔を車から降ろし、子供たちの近くにいる保護者に挨拶《あいさつ》した。

今日の車出しはコーチの車以外に三台。運転手は大介パパとミツルのお父さんと拓也という話だった。勇翔と同じくベンチを温める機会が多かったミツルのお父さんとは、これまで話した記憶はない。出発時間の八時ぎりぎりになって、ミツルを乗せたステーションワゴンがようやく学校に到着した。

拓也の車には子供三人が割り振られた。サッカーバッグとボールをトランクに収め、拓也は運転席にまわった。助手席には勇翔が乗り込んだ。

「よろしくお願いします」と言って後部座席のドアを開けたのはジュンノスケ。眉が濃く、勝ち気そうな顔をしているが、あんがい礼儀正しく、しっかりしていそうだ。

「どうぞ」と拓也は笑顔を向けた。

「酔わないかなぁ」

不安げな声で乗り込んだのは聖也。髪を肩の近くまでのばしている。目や鼻や口が小ぶりで、顔自体も小さく、からだも小柄だ。

「車は苦手なの？」

声をかけると、「いえ、この車、ウチのよりめっちゃ小さいんで」と聖也は言った。

聖也パパは三列シートの八人乗りのミニバンに乗っているのを思い出し、拓也は苦笑するしかなかった。

「おまえそういうこと言うな。失礼だろ」

フォローしてくれたのは、なんとジュンノスケだった。

「すいません」と聖也が首を引っ込めた。

「いいよいいよ、ほんとのことだから」と拓也は笑い返した。

ホームセンターで購入して取り付けた安物のカーナビを目的地の学校にセットし、大介パパの車のあとに続いて出発した。勇翔が慌ててカーステレオから流れている斉藤和義をＧＲｅｅｅｅＮに替えた。

最初はおとなしくしていた三人だったが、次第に会話が弾んできた。ただ、なかなかサッカーの話題にはならない。別々の学校に通っているせいか、算数や理科の授業が今どこまで進んでいるか話していた。助手席に座っている勇翔は、口数自体がかなり少ない。

「すいません、この車ってテレビとか見れますか？」

聖也が助手席のシート越しに声をかけてきた。

「ああ、見れないことはないけど、映りがひどいんだよね」

「やっぱり……」

「見れるわけねぇだろ、こんなちっ、こいカーナビなんだから」

ジュンノスケの声が聞こえた。

大介パパや聖也パパの車では、テレビやＤＶＤを見ると勇翔が以前話していた。子供たちはそういう車に乗りたいのかもしれない。

赤信号で止まったとき、「今日はどことやるの？」とルームミラーをのぞき込んで声をかけた。

「牧野台《まきのだい》ＦＣ」

隣で勇翔がこたえた。

おまえに聞いたんじゃないよとも言えず、「今まで対戦したことあるの？」と続けた。

「どうだっけ？　たぶんやってない」と聖也がこたえた。

「おれはやったことあります。６対０で勝ちました」

「それはリトルブルーの話だろ」

聖也がつっこみを入れた。

「そうだけど」

「試合出たの？」

「その試合は出なかった……」

ジュンノスケの声が小さくなった。

強豪リトルブルーでは、ジュンノスケも出番が少なかったのだろうか。この春、リトルブルーに移籍した将吾のことをふと思い出した。

後部座席の会話がしぼんでしまったので、「好きなサッカー選手ってだれ？」と質問を変えた。しかしなかなか名前が出てこない。こいつらサッカー見てないのかな、と少々心配になる。

「やっぱメッシかな」

聖也が高い声で言うと、「クリスティアーノ・ロナウド」と勇翔がぼそりとこたえた。

なんだかお決まりの選手で話が盛り上がらない。

「じゃあ、Jリーグでは？」とジュンノスケが言い出した。

「おれ、あんま〝J〟は見ないからな」

どうやら聖也の家ではサッカーの海外有料放送を視聴しているらしい。スペインのリーグ、リーガ・エスパニョーラにはやけに詳しかった。

勇翔もJリーガーの名前が出てこなかった。

「若井君はどうなの？」

拓也が尋ねると、「ジュンでいいですよ」とジュンノスケは言った。

「じゃあ、ジュンは？」

「ぼくは、杉崎かな」

「杉崎？　ひょっとしてエスペランサ京葉の新人？」

「そうです。やっぱり地元のクラブなんで」

ジュンノスケの言葉に、「へえー」と思わず感心してしまった。

「スタジアムに試合を見に行くの？」

「ええ、母と」

ジュンがこたえると、「こいつ、母だって」と聖也がちゃかした。

「おじさんも杉崎は好きだよ」と言うと、「ほんとですか」とうれしそうな声が返ってきた。

ジュンノスケあらためジュンは、Ｊリーグのサッカーの試合をよく見ているようだ。ほかにも何人かのＪリーガーの名前が挙がった。どの選手もフォワードであることから、ジュンのポジションへのこだわりを感じた。

「ジュン、そういえば今日、お父さんは？」

拓也のその質問には一拍置いて、「ああ、たぶん来るんじゃないですかね」とこたえた。

なぜだか声のトーンが沈んだような気がした。


練習試合はアップのあと、午前九時半からはじまる予定だと大介パパから聞いた。

それまでの時間、拓也は小学校の駐車場に停めた車の運転席で本を読むことにした。先週営業の途中で立ち寄った書店で見つけた、サッカーのポジション別のトレーニング方法を紹介している実用書だ。最初に開いたのはもちろん「フォワード編」のページ。ミッドフィルダーだった自分には経験がないポジションのため、勇翔へのアドバイスができればと購入したわけだ。

試合開始五分前になり、グラウンドへ向かおうとしたとき、駐車場に停まったステーションワゴンの運転席の男と目が合った。木戸《きど》ミツルの父だ。

「木戸さん、そろそろはじまりますよ」

拓也は気を利《き》かせたつもりで声をかけた。

「ああ、そうですか」

木戸は降ろした窓から顔を出したものの、運転席から出てこようとしない。

「どうしたんですか？　急がないと」

「いや、いいんですよ。ウチのはどうせ出ませんから」

木戸は笑顔だったが、予想しなかった言葉にぎくりとした。

「いや、そんなことないと思いますよ。今は人数も減りましたから。ウチのも出られるようになったくらいですし、ミツル君も……」

「勇翔君のお父さんですよね」

「はい、草野です」

「ウチのは出るとしても、後半の終わりにちょこっとですから。それに、見るのはここに悪いんで」

木戸は左の胸を指さした。

「え？」

「心臓ですよ。あいつがミスしてゴールを決められやしないかって、冷や冷やしますから」

木戸は目尻《めじり》に人のよさそうなしわを寄せた。

その気持ちは手に取るようにわかった。自分より年配らしき木戸は、髪の生え際《ぎわ》が早くも後退している。鳥の巣のような頭頂部も薄くなっている。自信なさげに背中をまるめたその姿は、どこかベンチに座っているミツルとかぶって見えた。木戸自身も子供の頃、スポーツは苦手としていたのかもしれない。

拓也にしても気持ちは同じだった。結果がすべてのフォワードというポジションで、勇翔は七試合ゴールがない。見ていて辛《つら》くなる。胃が痛くなる。似たような立場の父親として、お互いの息子の悩みについて立ち飲み屋ででも語り合いたいくらいだ。

「勇翔君、今やフォワードですってね」

うらやましげな声がした。

「いえ、今だけかもしれないですし……」

拓也は正直な不安を口にした。

「いやいや、だいじょうぶですよ、勇翔君なら」

「ミツル君だって、きっと……」

お互いに励まし合って、その場は別れた。


拓也は急いでベンチとは反対サイドにあるジャングルジムの前へ向かった。グラウンドにはすでにユニフォーム姿の子供たちが整列している。

ベンチには成瀬コーチとミツルが座っていた。木戸には申し訳ないが、勇翔ではなかったことに内心ほっとした。勇翔は今日も先発でジュンとツートップを組んだ。

1ゴール六百円の契約を交わした勇翔は、家を出るとき「よし、今日はゴールをぜったい決める」と気合いを入れていた。勇翔の一ヶ月の小遣いは五百円。ゴールを決めればそれ以上を一日で手にできるのだから、おそらく本人は是が非でも決めたいだろう。モチベーションは高いはずだ。

拓也は今日の試合、自分がプレーしていたミッドフィルダーの目で、勇翔の動きをたしかめることにした。言うなればパスの出し手として、フォワードの勇翔がどんなふうに映るのか、見極めるつもりだ。そこに勇翔がゴールを奪えない本当の理由が隠されている気がしたからだ。

チームカラーと同じ、派手な黄色のTシャツを着た太った男が、からだを揺するようにして歩いて来るのが見えた。若井だった。

車出しの協力者以外、校内に駐車できないルールだから、近くの駐車場にでも停めてきたのだろうか。最近、試合観戦する保護者の違法駐車が近隣の住民の迷惑になっているとして、クラブ側から注意が与えられたばかりだ。こっちへ来るなよ、と念じていたら、若井はどんどん近づいてきた。

「よっ」と声をかけてきたので、「おう。わざわざ来たんだ。車はどこに停めた？」と尋ねた。

「ああ、近くのコンビニ」

若井はしれっとこたえた。

「まずくないか、それ」

「だいじょうぶ、あとでガムでも買うから」

若井はグラウンドに顔を向け、「ジュン、最初から飛ばせよ！」とさっそく叫んだ。

どうせ応援に来るなら車出しでも手伝ったらどうだ、と言ってやりたかったが、ちょうどキックオフの笛が鳴り、試合に集中した。

若井はときおり隣で大声を上げたが、拓也は勇翔から目を離さなかった。まずはポジショニング。ゴールを決めるために、最適な位置を見つけられているか。ツートップのもうひとり、ジュンとの関係性も大切だ。二人が重なっていてはもちろん駄目だが、離れすぎていても協力が築けない。

そしてパスの受け手であるフォワードとしてとくに大切なのが、ゴールに対するからだの向きだ。シュートに持ち込むためには、場面場面によってよりよい姿勢でパスを受けなければならない。

バンビーノの中盤では、銀河にボールが集まる。銀河はそのボールを展開してゲームをつくる、あるいはラストパスを供給する役割を担《にな》っている。すなわちゲームメーカーだ。将吾がチームを去って以降、その傾向はいっそう色濃くなった。ライン別に見た中心選手は、ディフェンスでは大介、中盤は銀河、前線はジュン、と今のところ言えそうだ。

前半四分、大介が敵のフォワードから奪ったボールを銀河にパス。左足でボールをやわらかくトラップした銀河は、ドリブルで二人を抜いて顔を上げる。銀河から見て右斜め前にジュン、左斜め前に勇翔が見えたはずだ。しかし、どちらにも敵のマークが付いている。銀河がどっちにパスを出すのか注目した。

銀河の左足が選んだのは、ジュンだった。

ジュンは走りながら右足のインサイドでボールを受け、シュートに持ち込もうとする。敵のセンターバックがそうはさせじと、行く手を阻《はば》みに来る。ジュンは左へ行くと見せかけ、右へ進路を変えペナルティーエリアへ進入。右足でシュートを放つ。しかしボールはゴールの枠をとらえきれず、ポストの右を通り過ぎた。

「くそっ！」

ジュンが天を仰いだ。

聡子が言っていた口癖がさっそく飛び出した。

前半八分と十二分にも似たようなシーンが起きた。中盤で銀河がボールを持ったとき、前には勇翔とジュンがいた。銀河はいずれもジュンへのパスを選択した。

まず前半八分のチャンスでは「銀河！」とジュンが呼んだ。

銀河は左足で二人のセンターバックのあいだにスルーパスを通した。ディフェンスラインから飛び出したジュンがボールに追いつこうとしたが、飛び出してきたゴールキーパーにクリアされてしまう。

「あー、くそっ！」

ジュンは地面を蹴《け》るようにした。

十二分には銀河がドリブルで持ち込み、ジュンの右足へパス。ジュンはシュートを打つふりをしてディフェンダーをびびらせ、右にボールをずらす。そして右足を振り抜いて遂《つい》にゴールを決めた。

「ジュン、それだよ！　それなんだよ！」

若井が指さしながら叫んだ。

右斜め四十五度からのシュート。どうやらその位置からのシュートが、ジュンの得意とするパターンのようだ。これまでも似たようなシーンを何度か目にしていた。

「ジュン、ナイス！」

拓也が声をかけると、ジュンはにこっと笑った。

前半四分、八分、そして十二分。いずれの場面でも銀河にはふたつの選択肢があった。

――ジュンか、勇翔か。

だが、いずれもジュンを選んだ。

それは偶然ではなく、理由があるはずだ。もちろん賞金を稼ぐために二人が結託しているわけがない。

自分であればどうしたか。中学、高校と中盤でプレーした拓也の答えは、前半四分は銀河と同じくジュン。八分もジュン。ゴールが決まった十二分は、勇翔でもよかったと思えた。

しかし十二分の銀河のパスは得点に結びついたわけで、当然正しかったといえた。

試合終了間際、銀河は勇翔にパスを出すと見せかけて自ら突破し、ゴールを決めた。

――勇翔をオトリに使ったのだ。


二試合目、勇翔にも絶好のチャンスが訪れた。

右サイドでボールを受けたジュンが敵陣深くまでドリブルで抜けだした。ゴールライン近くまで進むと、今度は中央へ切れ込んでシュートを放った。キーパーが弾《はじ》いたボールが再びジュンの前へ転がる。ゴール前には勇翔が走り込んでいた。敵のマークはおらず、フリーの勇翔はパスをもらい、インサイドでゴールに流し込めばよいだけだった。しかしジュンは角度のない位置から強引にシュートを放った。シュートは「カーン！」とポストに当たり、ゴールラインの外に出てしまった。

「くそっ！」

叫んだのはジュンではなく、父親のほうだった。

おそらくジュンには勇翔が見えていたはずだ。

勇翔はうつむいてから、なにもなかったように自分のポジションにもどっていった。

「ジュン、ほかに選択肢はなかったか？　まわりを見ろ」

ベンチから成瀬コーチの冷静な声が飛んだ。

第三試合、勇翔はベンチに下がった。ミッドフィルダーの聖也がフォワードに入って、ジュンとツートップを組んだ。これまでになかった布陣だ。

そして、ミツルが右サイドバックで出場した。グラウンドを見まわしたが、木戸の姿はなかった。

余計なお世話かとも思ったが、拓也は駐車場へもどってみた。しかし木戸は口を半開きにして運転席で眠りこけている。声をかけて起こし、ミツルの出場を教えてやるべきか迷ったが、やめておくことにした。

木戸にとっては子供の試合を見ないほうが気が休まるのかもしれない。いろんな子供がいるように、いろんな親がいる。考え方も人それぞれだ。

拓也は車で本の続きを読もうかと思ったが、ジャングルジムの前にもどって試合を観戦した。ピッチには勇翔の姿はなかったけれど、子供たちを眺め続けた。そのなかにはミツルもいた。

ミツルはミツルなりにがんばっていた。何度も仲間から叱責《しっせき》の言葉を浴びながらも、あきらめずボールを追っていた。自分の息子ではなくても、同じチームの子供として、「がんばれ！」と声をかけたくなった。こうして見ていると、みんなずいぶん成長した。たくましくなっている。

結局、勇翔はこの日もシュートを決めることはなかった。

これで九試合連続ノーゴールに終わった。ジュンは3ゴールを決め、銀河が2ゴールと続いた。

「大活躍だったな」

帰り際に拓也がジュンをほめると、「まだまだだよ」と若井は首を横に振ったが、しもぶくれた頬はまんざらでもなさそうにゆるんでいた。

「勇翔もよかったよ」と若井が言った。

——どこが？

と質《ただ》してみたくなったがやめておいた。

それなのに若井はよせばいいのに自分から口を開いた。「勇翔はさ、前にいてくれる、それだけでじゅうぶんだよ」

拓也はその言葉の意味を一瞬考えた。しかし深く考えるのはよそうと決めた。たぶん適当な言葉が見つからなかっただけだ。そう思うことにした。

若井が試合会場からジュンを連れて帰った。

大介パパがもうひとりならウチの車に乗れるからと聖也を引き受けてくれ、帰りは勇翔と二人になった。

「試合、どうだった？」

拓也はハンドルを握りながら声をかけた。

助手席の勇翔はため息で返した。

「ジュンも銀河もゴールを決めたな」

「……うん」

「おまえもゴールを決めれば、二人と同じように賞金が手に入った。でも決められなかった」

勇翔は口の端を結んだまま動かない。

拓也はカーステレオに左手をのばし、流れているGReeeeNを止めた。

「やっぱりパスが来なかったせいだと思うか？」

少し間を置いて、「わかんない」と勇翔がつぶやいた。

拓也は前を向いたまま話した。

「銀河はシュートを決めたが、アシストも決めた。たしかにおまえへのパスは、ほとんどなかった。でも銀河からジュンへはパスが入り、ジュンはシュートを決めた。それはなぜだと思う？」

「それは……」

勇翔は目を細めた。「ジュンのほうがうまいから」悔しげな声だ。

「うまいだけで片づけようとするな。おまえとどこがちがうか、わかるか？」

勇翔はわずかに首をひねった。

「まずは前半最初のチャンスだ。銀河がドリブルで二人を抜いてジュンにパスを出した場面。覚えてるか？」

「大介が敵からボールを奪ったときだよね」

「そうだ。あのとき、勇翔もジュンと同じようにゴールに迫ってボールを受けようとしてた。でもジュンがからだをゴールに半身にしてボールを受けようとしていたのに対して、おまえはゴールに背中を向けてしまっていた。足が止まっていたし、敵のディフェンダーにしっかり後ろからマークされていた。だから銀河はジュンを選択したと、父さんの眼には見えた。ジュンはシュートを外したけど、シュートまでいったわけだから、あのパスは正解だと思うよ」

拓也の言葉に、勇翔は考え込むように顎《あご》を引いた。

「次は八分だったかな、同じようなシーンがあった。このときはジュンが銀河に声をかけてパスを要求した。銀河はジュンにスルーパスを出した。惜しくもキーパーにクリアされたけど、お互いの意思が通じ合ったからこそできたプレーだ。あのとき勇翔も準備はできていたよな。けど、ボールをどこに出してほしかったんだ？」

「ここらへん」

勇翔は助手席のダッシュボードの下の暗がりを指さした。

「そうだよな。だから銀河はパスを出さなかった。なぜだかわかるか？」

「ぼくと銀河が近かったから？」

「そうだ。でも距離でいえば、ジュンも同じように近くにいた。二人のちがいはなんだと思う？」

「ちがい？」

「よく考えてみろ」

勇翔はしばらく黙ったあとで口を開いた。「もらおうとした場所？」

「そうだな」

「ぼくは足もとでもらおうとしたけど、ジュンはディフェンスの裏のスペースでもらおうとした」

「いいぞ、その通りだよ。おまえはいつも足もとでボールをもらおうとしている。それとパスの出し手を見ながら、同じスピードでゴールに向かっている。敵のディフェンダーはマークがしやすいはずだ」

勇翔は小刻みに二度うなずいた。

「言ってみれば、まわりがよく見えてない。首が振れてない。だから敵のディフェンダーの位置や、スペースが把握できないし、オフサイドにもなりやすい。パスの出し手である銀河には、敵によまれてる感じがするはずだ」

勇翔はフロントガラス越しに別の風景――自分が立っていたピッチ――を見るように遠い目をした。

「それからジュンがゴールを決めたシーン。あそこはおまえにパスを出してもよかったと父さんは思った。でも実際には銀河の左足はジュンにパスを送り、ジュンの右足はゴールを決めた。だからそれで正解だよな」

「でも銀河はどうして、ぼくじゃなくジュンを？」

「もちろん理由がある」

拓也は言った。「それは、――信頼だよ」

「信頼？」

「銀河はおまえよりジュンを信用してる。その証拠だ」

勇翔の顔に西日が差し込み、目をきつく細めた。ジュンよりも銀河との付き合いが長い勇翔にとって、それを認めるのは悔しいにちがいない。

拓也はそれでも続けた。「二試合目にビッグチャンスがあったよな。右サイドからジュンが突破して打ったシュートをキーパーが弾いた場面。おまえはフリーでゴール前にいた。ジュンがパスをくれさえすれば、なんなくゴールを決められたはずだ」

勇翔はうなずいた。

「あのとき、おまえはどうすべきだったと思う？」

「『ヘイ』って言えばよかった」

「そうだな。大声で叫ぶべきだった。『おれによこせ！』って。それでもジュンがパスをせずシュートを外したなら、『なんでおれにパスしなかった』と言えたはずだ」

「ぼく、呼べなかった」

「なぜかな？」

「自信がなかったから」

勇翔はそのことを認めた。

「あのチャンスでジュンは無理をしてシュートを打って外した。成瀬コーチはちゃんと見てた。おまえはいいポジションをとっていた。でもな、ジュンはフォワードだから自分で決めたかったんだ。それはとてもフツーのことだと思うよ。チームメイトからパスが来ないと嘆く前に、自分でできることがたくさんあるはずだぞ」

拓也の言葉に、勇翔は小さな顎に力をこめた。

右にウインカーを出して、コンビニの駐車場に車を停めた。

「成瀬コーチはなにか言ってたか？」

「フォワードをやりたいなら、どんなかたちでもいいからゴールにからめって」

「そうか、なるほどな」

拓也は車のエンジンを切った。「最後に確認させてくれ。おまえは本当にフォワードで勝負するつもりなのか？」

「うん」

「フォワードは花形のポジションだけど、競争は激しいぞ。フォーメーションが4—4—2なら、ディフェンダーは四人、ミッドフィルダーも四人出られるけど、フォワードは二人だけだ。それでもいいのか？」

「フォワードがやりたい」

「わかった。だったらがんばれ。おまえはまだフォワードになったばかりだ。父さんもやったことのないポジションだから、これから一緒に勉強しよう」

勇翔は大きくうなずいた。

「じゃあ、残念賞のアイスクリームでも食べようや」

「いいね！」

勇翔は洟《はな》をすすってシートベルトの金具を外した。

＊

「フォワードでレギュラーになる」

それが勇翔の新しい目標になった。

勇翔から聞いた話では、フォワードの候補に挙がっているのは、ジュン、勇翔、聖也の三人。今やジュンはチームの得点王。ツートップを基本としている現状のフォーメーションから考えれば、フォワードの椅子《いす》はあとひとつしかない。勇翔と聖也の争いになるだろう。

これまで拓也が見た試合では、聖也は右サイドのミッドフィルダーとしての出場機会が多かった。ミッドフィルダーとしてはレギュラーに定着し、ジュン、銀河に続く得点を挙げている。勇翔より足が速いし、ドリブルもうまい。それらを考慮してフォワード候補に抜擢《ばってき》されたようだ。果たして勝ち目はあるだろうか。

「フォワードをやりたいなら、どんなかたちでもいいからゴールにからめ」

勇翔から聞いた成瀬コーチの言葉だ。そのなかに勇翔が求められている具体的なプレーが隠されているはずだ。

「どう思う？」

拓也は勇翔本人に尋ねた。

「バンビーノはツートップだもんね」

「これまではそうだよな」

「スリートップにしてくれればいいのにね」

「おいおい、そういう話じゃないだろ。いいか、ツートップを組む場合には、フツーは同じタイプのフォワードは組ませないんだよ」

「そうなの？」

勇翔はテーブルのお盆に手をのばした。つかんだのは饅頭《まんじゅう》の月餅《げっぺい》。横浜に住む聡子の母が先日遊びに来た際の手土産だ。

「同じプレースタイルの選手同士だと、似たような動きになってしまうだろ。そうなると敵のディフェンダーは守りやすい。ちがうタイプなら、二人のプレーは重なりにくいし、お互いに長所を活《い》かし合うこともできる。戦い方の幅が広がるんだ」

「なるほどね」

勇翔は月餅を包んだセロファンを外してうなずいた。

「たとえば背が高くて空中戦に強いフォワードと、背は低いけれどすばしっこいフォワードとかさ」

「でもぼくは背が高いわけじゃないし、足が速いわけでもない」

「――たしかにな」

からだの大きさでいえば、ジュン、勇翔、聖也の並びになる。足の速さでは、聖也、ジュン、勇翔だろう。

拓也は聡子が淹れてくれた熱いお茶をすすった。

「次の大会では、おそらくフォワードのひとりはジュンで決まり。そう思わないか？」

「たぶんね」

勇翔は月餅の薄皮をめくって食べながらこたえた。

「だとすれば、ジュンとはちがうタイプのフォワードを目指す、というのもひとつの手かもしれない」

「ジュンとはちがう？」

「そうだ。成瀬コーチの言葉を借りれば、ジュンとはちがうかたちで、ゴールにからめるフォワードになる、ってことだよ」

「ジュンがやらないプレーを、ぼくがやるってことだね」

「そういうことになる」

「それなら知ってるよ」

「知ってるって、なにを？」

「ジュンが言ってたんだ。それだけはやるなって、お父さんに言われたって」

「お父さん？」

拓也は若井の顔を思い出し、顔を曇らせた。

「そう。『ポストプレーだけはやるな』って。だからジュンはやらない」

「なるほど……」

拓也はため息をついた。若井の言いそうなことだ。

「勇翔はポストプレーがどんなプレーか知ってるか？」

「なんとなくはね。ゴールに背中を向けてパスを受けるんでしょ。そのボールを敵に取られないようにして、味方に渡す」

「まあ、そういうことだな。口で言うのは簡単だけど、とてもむずかしいプレーでもある」

「だけどさ、それをやっちゃうと、自分でシュートが打てなくなっちゃうよね」

拓也は黙ってうなずいた。

その通りだ。勇翔の言葉は、まさに若井がジュンに「ポストプレーだけはやるな」と指示した理由と見てまちがいない。

「でもな、勇翔。ポストプレーはフォワードのとても大事な役目でもある。ゴールに背を向け、敵に後ろからマークされながらもパスを受けて前線でボールを収められれば、味方はとても助かるんだ。ボールをキープできれば時間が稼げる。サッカーではそのことを、タメをつくるともいう。そのあいだにチーム全体の押し上げができるわけだ。敵のディフェンダーはそうはさせじとポストプレーヤーを囲みにくる。そうなれば当然味方へのマークが甘くなる。ポストプレーヤーが受けたボールを、ゴールを向いた味方に託せればチャンスが広がる。そこからゴールが生まれたら？」

拓也は言葉を切った。

「ゴールにからんだことになる」

勇翔は薄皮をすべてむき終え、黒餡《くろあん》だけになった月餅を手にしていた。

「ポストプレーは、ひとりのフォワードがチームのために犠牲になるプレーなんだよ」

「チ、ー、ム、のため？」

「そうだ」

「そうなんだ。——だったら、やってみる」

勇翔は顔を上げた。

もちろん拓也は勇翔自身のゴールが見たい。でもフォワードとして生き残ることが先決でもある。生まれながらの点取り屋もいるかもしれないが、勇翔の場合は経験を積んでフォワードになるしかない。ポストプレーを身につけることは、次へのステップになると拓也は信じたかった。

「それからもうひとつ」

拓也は言った。「おまえの月餅の食い方は、とてもユニークだ」

「それ、おばあちゃんにも言われた」

勇翔は裸になった黒餡をうれしそうにほおばった。

「月餅の食い方だけじゃなく、プレーも、人とはちがうことができるようになれよ」

「うん」

頬をふくらませた勇翔が笑いをこらえてうなずいた。

翌日から、勇翔はポストプレーの練習をはじめた。

拓也が銀河を想定し、左足で勇翔にボールを蹴る。地面を這《は》うグラウンダーのボール。少し弾んだボール。浮き球。勇翔はボールを迎えに来て、トラップする。そのボールを敵に奪われないようキープする感じで持ち、拓也に返す。その繰り返し。

「敵が後ろにいるって、もっとイメージしてみろ」

「ボールをもらう前に首を振れ」

「トラップのときに、少し足を引くようにするんだ」

拓也が明るく声をかけた。「いいぞ、ナイストラップ！」

＊

五年生の県大会がはじまった。

バンビーノの初戦の相手は向《むこう》ケ丘《おか》ＦＣ。空は晴れ、汗ばむくらいの陽気だ。大介パパの話では、「ウチが負ける相手ではない」そうだ。拓也は車出しを引き受け、聡子と一緒に観戦に向かった。

注目のツートップの先発は、フタを開けてみればジュンと聖也。あろうことか、公式戦でベンチに座ったのは、ミツルではなく我が息子だった。ミツルは右サイドバックで先発出場を果たした。この日もグラウンドにミツルの両親の姿はない。拓也はしばし茫然《ぼうぜん》となった。

試合がはじまってすぐ、「あれ、将吾がいる」と聡子がつぶやいた。

「そんなバカな……」

力が抜け、声が小さくなった。

「だって9番がいるじゃん」

「なに言ってんだよ」

気をとり直してピッチを見れば、たしかにエースナンバーの9番がいた。

「え、でも、あれはジュンだよ」と拓也は言った。

「ジュンは11番だったよね」

そのはずだった。

「なんでだろ？」

問われたが、こたえようがない。

バンビーノは何度かチャンスを迎えたが、ジュンが決めきれなかった。ジュンはシュートを外すたびに「くそっ！」と叫び、背筋を伸ばすようにしてその場で跳ねた。ピッチサイドに立った若井が、いつものようにしつこく指示を与えている。

前半十二分、拓也にとって予想しなかった事態が起きた。なんと聖也が先制ゴールを決めてしまったのだ。コーナーキックからのゴール前の混戦のなか、こぼれてきたボールを押し込んだとはいえ、ゴールはゴールだ。

「いいぞ、聖也！」

大介パパが叫んだ。

自分の車に乗せた聖也がゴールを決めたのはうれしかった。でも複雑な心境でもあった。二人目のフォワード争いは結果を出した聖也が一歩リードしたと認めざるを得ない。果たして勇翔の出番はあるのだろうか。

バンビーノは前半を1対0でリードしたままハーフタイムを迎えた。

「ねえ、試合って何分？」

「前後半二十分ずつの四十分」

「勇翔、出られるかな……」

聡子の声がか細くなる。

「わからない。リードは1点だし、チャンスを決め切れていないだけで、ウチが押してるからね」

「またベンチに逆もどりになっちゃったね」

「まだわからないよ」

拓也は乾いた唇を舐《な》めた。

後半開始での選手交代は両チームともなかった。勇翔はベンチに座り続けている。しかし以前のようにふざける相手もいないせいか、成瀬コーチから二つ空けたパイプ椅子でじっと試合を見つめていた。

成瀬コーチが勇翔にアップを命じたのは、試合時間が残り十分になってからだった。

その少し前に、ジュンがシュートを外し、遂に「くそっ！」と叫ぶのさえやめてうなだれた。

「ちがうだろ！」

苛《いら》立《だ》った若井の声が聞こえた。

勇翔はだれと交代だろう。ミツルだろうか。ミツルと交代であれば、勇翔は右サイドバックのポジションになる。つまりはフォワード失格の烙印《らくいん》を押されたことを意味する。右サイドバックとしても、ミツルの後塵《こうじん》を拝したと言えるだろう。

ボールがタッチラインの外に出たとき、主審が笛を吹いた。ピッチサイドに副審とイエローのユニフォームの背番号68の勇翔が立っていた。

副審の声が聞こえた。

「バンビーノ、9番に替わって68番が入ります」

思わず聡子と顔を見合わせた。

——そう来たか。

拓也はベンチを見つめた。

成瀬コーチは勇翔を先発から外したけれど、けっして見放したわけではなかった。あくまで勇翔をフォワードとして扱ってくれた。そのことがうれしかった。

「がんばって、勇翔」

聡子が祈るようにささやいた。

ピッチに立った勇翔はなかなかボールにさわれなかった。

銀河が中盤でボールを持っても、その左足は勇翔を選んではくれない。銀河はパスという手段を使うよりも、自ら突破してゴールに迫ろうとする。銀河とて、もちろん自分の左足でゴールが欲しい。

試合の残り時間が五分を切り、その場面は突然訪れた。

敵の力ないミドルシュートをキャッチしたキーパーのトモキがパントキックを蹴った。ボールは銀河の手前で弾んで、頭を越えた。そのボールが落ちてきたところに勇翔が前線から降りてきた。ゴールを背にして右足でトラップ。敵のディフェンダーが後ろから詰め寄せてくる。勇翔は足もとで踊《おど》るボールを両足でなんとか手なずけキープ——。その間、三秒足らず。

「ヘイ！」

上がってきた銀河が声をかけた。

勇翔の右足が、銀河の左足にボールを託した。

ゴールを向いた銀河はディフェンダーのあいだをすり抜け、キーパーと1対1。銀河は憎いほど落ち着いて、ゴール右隅にシュートを流し込んだ。

試合を決定づける貴重なゴールを決めた銀河は、両手の親指で自分の背番号7を指しながら、タッチライン沿いをサイドステップで走るパフォーマンスを披露した。

「ナイス、銀ちゃん！」

千夏ママの声に続いて、銀河への喝采《かっさい》の声が続いた。

イエローのユニフォームの選手たちが銀河のまわりに集まっていく。

勇翔は、と見れば、ベンチのほうを向いて立っていた。成瀬コーチが立ち上がり、なにか言っている。勇翔がコクリとうなずくのが見えた。

「ねえ、今のはどうなの。勇翔、よかったんじゃないの？」

聡子がおそるおそるといった感じで口を開いた。

「勇翔のアシストだよ。帰ったらほめてやろう」

拓也は胸が詰まった。

勇翔がどんな思いでポストプレーをしたのか、それはだれにもわかるまい。でも、自分がわかってやれば、それでいい。勇翔はフォワードであり、ゴールを決めたいと思いながら、ゴールに背を向け、チームのために立派にゴールにからんだのだ。

おそらく成瀬コーチはそのことをわかってくれたはずだ。同じサッカーをしてきた人間として拓也は確信した。

勇翔はようやくチームの力になれた。

6月8日（土曜日）公式戦

今日は五年生の県大会の試合があった。

ぼくは先発をはずされ、後半のとちゅうからフォワードで出た。

試合には少ししか出られなかった。シュートも決められなかった。

でも銀河のゴールのアシストを決めて、なるせコーチから「ナイス、ポストプレー！」といわれた。

うれしかった。

試合にも勝った。

父さんとポストプレーの練習をたくさんやってよかった。

試合のあと父さんとのひみつのけいやくはやめることにした。

ぼくがいうと、父さんもそうだなといった。

ぼくはしょう金がもらえなくてもいい。

もっとポストプレーがうまくなりたい。

でも本当は自分でシュートを決めたいです。

7

五年生の県大会二日目。

試合後、拓也はグラウンドから仕事の打合せに向かった。試合は1対1の引き分けに終わり、ＰＫ戦の末、バンビーノは辛くも三回戦に進んだ。その決着を見届けたせいで、約束の時間に遅刻してしまった。

先方に何度も頭を下げたのは言うまでもない。しかも打合せの時間内で契約はまとまらず、再度提案の機会を設けてもらう流れになった。帰宅したときには家族は夕食をすませ、勇翔は風呂《ふろ》に入ってすでに寝ていた。たぶん疲れたのだろう。

「遂《つい》にフォワードで公式戦フル出場したね」

聡子はうれしそうだ。拓也の遅い夕食に付き合いながら、缶酎《かんちゅう》ハイを手にしている。

「全体的にはチームも勇翔も、もうひとつだったな。勇翔はポストプレーで何度かチャンスをつくった。でもゴールには結びつかなかった。今日は聖也が右ハーフで出たけど、次の試合ではまたフォワードで起用されるかもしれない」

拓也はゲームを冷静に分析し、不安を口にした。

「でもさ、ジュンもゴールできなかったよね」

「たしかにね。ジュンも勇翔と同じく公式戦二試合連続ノーゴール。ジュンのやつ、もしかしたら本番に弱いのかもしれないな。今日もチャンスで決めきれなかったし、なんだかイライラしてた。結局、ウチの得点は前半のオウンゴールの1点だけ。守備はまずまず安定してたけど、攻撃がもの足りなかった」

「一緒にお風呂に入ったとき、勇翔、悔しそうにしてたな」

「なにか言ってた？」

「試合の話は詳しくはしなかった。してもわからないから。それはそうと、ジュンのお父さん、かなり熱くなってたね」

聡子の言葉で拓也は思い出した。試合後に、若井の観戦マナーについて、大介パパにそれとなく言われたのだ。大介パパも一時はピッチサイドから子供に指示を送っていたが、クラブからの注意もあり、保護者たちはマナーを守るようになった。ただひとり、若井だけが今も続けている。

「草野さん、若井さんと同じ高校のサッカー部だったんですってね」と大介パパは口にしたあと、若井に注意するよう暗に求めてきた。

「どうする気？」

話を聞いた聡子が目をまるくした。

「飲みに行こうって、若井に誘われてるんだ。これまでは断ってきたけど、今回は行くことにした。そのとき話そうと思ってる。あいつの性格からして、おれがなにを言おうと無駄な気もするけどね」

「なんて言うつもり？」

拓也は首を横に振った。「まだ考えてない」

聡子は短いため息を漏らし、話題を変えた。「そういえば背番号の謎《なぞ》だけど、わかったよ」

「背番号？」

「ほら、ジュンが将吾のつけてた9番になったでしょ。あれはね、買ったんだって」

「背番号を買う？」

「そういうこと。ユニフォームの背番号はクラブで通し番号を使っているから、重複させることはできない。クラブ員は全学年で百人近くいるでしょ。だから番号は1から100近くまである。勇翔が68番になったのは、入った時点でその番号が空いてたから。でも毎年、卒団する子供たちもいる。ジュンが入ってきたときに、卒団した六年生の背番号11番がたまたま空いてた、というわけ」

「でもそれは11番の話だろ」

「待って」

聡子は拓也の言葉を制して続けた。「ジュンが入団したのは四年生の春から。そのときの9番は将吾だった。でも将吾は四年生の終わりに退団して、リトルブルーに移籍した。それをいち早く知って、9番のユニフォームを予約したってわけ」

「若井のやつか」

「ていうか、9番にこだわったのは奥さんらしいけど」

「夫婦でご熱心なことだな」

「でもすごいよね。11番のユニフォームをつくったばかりなのに」

「番号だけ取り替えるわけじゃないんだ？」

「ちがうよ。ユニフォームを新調しなきゃ、新しい番号はもらえないんだよ。だから背番号を買うってわけ。クラブとしてもユニフォームが売れるから、ありがたいんじゃない」

「ふーん、そういう仕組みか」

拓也はつまらなそうに鼻を鳴らし、ピーマンの肉詰めに箸《はし》をのばした。料理してから時間が経《た》っているせいか、いい、しなしなになって色が変わってしまっていた。

本来背番号はコーチが決めるべきものだろう。なぜなら背番号にはポジションを含め、いろいろな意味が込められている。少なくとも売り買いする対象ではない。そういうやり方には、どこか違和感が残った。

「9番って、そんなに特別な番号なの？」

「チームのエースストライカーがつける番号だよ。つまりチーム一の点取り屋の番号。けど、11番だってフォワードのレギュラー番号だ」

「ジュンはエースストライカーになりたいんだね」

聡子の言葉に、「ジュンが9番を望んだとは限らない」と拓也はこたえた。「それにエースストライカーは、背番号でなるもんじゃないさ」

「そうだよね」

「そういえば、ほかの五年生もいい番号つけてるよな」

「ジュンだけじゃなくて、ユニフォームを買い直した子はいるらしいよ。今は7番だけど、銀河は二年生まではちがう番号だったらしい」

「銀河もか」

拓也は首を揺らしながら、そういえばセンターバックの大介が、本来ミッドフィルダーの攻撃を司《つかさど》る10番というのも奇妙な気がしてきた。そこには親の思惑が見え隠れする。裏でそんな工作が繰り広げられていたかと思うと、ぞっとした。

「それでね、今なら11番が空いてるって教えてもらったの」

「だれに？」

「銀河ママ」

拓也は「へっ」と笑ったあと、勇翔が背番号11番をつけてゴールを決めるシーンを思い浮かべた。その絵はたしかに魅力的ではある。でも慌《あわ》てて想像を振り払った。

──そういうのはちがう。

自分はやりたくないし、勇翔にもやらせたくない。

「どうする？」

「勇翔は68番。それでいいんだ」

拓也は静かに言った。

「わかった。私もそう思う」

うなずいた聡子は缶酎ハイを傾けた。

話を聞いて、なんだかますます若井と飲みに行くのが億劫《おっくう》になってきた。なにを言い出すか、わかったものじゃない。

しかしその夜、さっそく若井からケータイに連絡が入った。件名には「決起飲み会」とある。三回戦前日の土曜の夜に飲みに行こうとの誘いのメールだった。先方は飲む気満々のようだ。

「今のところオッケーです」と短く返信した。

＊

勇翔は十一歳の誕生日を迎えた。

その日の早朝、いつものように市民の森の公園に練習に出かけ、向き合ってポストプレーの練習をしていたとき、勇翔がぽつりと口にした。「今度の試合、ぼくもシュートを打とうかな」

浮かない表情を見て、拓也ははっとした。

大会の二回戦、勇翔はポストプレーを意識するばかりに、自身でのシュートはわずか一本に終わった。その一本はフリーキックのこぼれ球が、たまたま勇翔の前に転がってきたに過ぎなかった。

勇翔はフォワードというポジションにこだわっている。せっかくつかんだそのポジションを奪われたくない。だからこそゴールにからむポストプレーの練習に時間をかけてきた。実際にアシストも決めた。でも結果的にそういう考え方が、プレーを縛ることになっているのではないか。拓也は気づかされた。

しかし前の試合で勇翔はフル出場を果たした。フォワードのポジションに定着しつつあるようにも思える。だとすれば今のプレーを続けるほうが賢明ではなかろうか――。

拓也はボールを止めて尋ねた。「シュート、打ちたいか？」

「そう思うときもある」

勇翔は口をとがらせるようにした。

「そりゃあ、そうだよな」

拓也はつぶやいた。

早朝の公園には二人だけだった。生け垣の向こうの道路を、スーツ姿のサラリーマンらしき中年男が足早に通り過ぎていく。時計を見ると、練習できる時間はあと十五分ある。

「なあ、勇翔。ポストプレーの練習はこれくらいにして、次の段階に進まないか？」

「次の段階って？」

「ターンだよ」

「ターン？」

「シュートをするために前を向く動きだ」

拓也が言うと、勇翔はきょとんとしていた。

「だっておまえ、シュートを打ちたいんだろ？」

「うん。でもいいのかな？」

「いいもわるいも、おまえはフォワードじゃないか。父さんも、おまえのゴールを見たい」

拓也の言葉に、勇翔の顔がぱっと明るくなった。

「ただな、そう簡単に敵はターンをさせてくれないぞ。フォワードに前を向かせないというのが、ディフェンダーの最初の役目だからな。攻めに転じようとしたとき、前線でボールを失えばチームは苦しくなる。一気にカウンターを食らう可能性だってある。まず判断が大切だ。前を向くべきか、向かざるべきか。ポストになるのか、ターンをするのか。それには首を振って、前もってまわりの状況をよく把握しておく必要がある」

「うん、言ってる意味はわかる」

「よし、じゃあ、これからターンの練習をはじめよう」

拓也は置いてあるマーカーコーンの位置を動かし、やり方を説明した。勇翔は真剣な眼差《まなざ》しで聞いている。その表情を見て、こいつはもっともっと伸びるかもしれない、と拓也は感じた。すぐにではなくても、続けることができれば、きっと。人の話を聞く耳をちゃんと持っているし、なにより真面目《まじめ》に取り組む姿勢がある。それも才能のひとつと思いたい。今の勇翔に一番大切なのは、目先のゴールや勝利ではなく、サッカーを好きになること。それこそが大事なのだ。

「いいか、パスを受けるときに横着をしてボールを待つな。止まってじゃなく、寄せながらターンしろ」

拓也のアドバイスに勇翔はうなずいた。

「ボールを引くようにしてトラップだぞ」

「わかった！」

「そう。ターンして終わりじゃない、そこからシュートまでをイメージするんだ」

「オッケー！」

「ボールを受ける前に首を振れ！」

「はい！」

二人の声が早朝の公園に響いた。

拓也はピッチで首を振る癖を身に付けるよう勇翔に言いつけた。サッカーのときだけでなく、日常生活でも周囲を常に気にかける意識は、身を守ることにもつながる。そこで、ドアを開ける前に首を振ることで習慣づけるようにした。

「いってきます」と言って朝家を出るとき、勇翔は首を左右に振ってから玄関のドアを開ける。トイレに入るときも首を左右に振ってからドアを開ける。便器のフタを開けるときも首を左右に振る（ここまでは求めていなかった）。食事中に「マヨネーズがない」と言われれば、やはり首を振ってから冷蔵庫のドアを開けた。

そんな勇翔を見て、「いいぞ」と拓也は声をかけた。

聡子と恵里は半ば呆《あき》れていた。

土曜日、出社した拓也は何度か広告を出してもらっている得意先からの電話を受けた。打合せの日時を明日に変えてほしいとの話だった。明日の日曜日は、五年生大会の三回戦がある。

「申しわけありませんが、あいにく先約が入っているものですから」

拓也は丁重に、しかしきっぱりと断った。

「いえいえ、最近は忙しくて家族サービスなんてとんでもないです」

拓也はこたえながら、頭を掻《か》いた。一概に嘘《うそ》とは言えない。拓也は勇翔のサッカーで忙しかった。

先方もなかなかしぶとく、先約の打合せのあとで時間をつくってくれと粘ったが、拓也はこのあいだのような失態を演じたくなかった。

「時間どおりに終わればいいんですが、引き分けの場合……、いえ、打合せが長引くかもしれませんので。はい、大変申しわけありませんが」

押し問答の末、ようやく別の日に落ち着いた。

受話器を置き、時計を見ると若井との約束の時間が迫っていた。上着を手に取り、「お疲れ」と後藤に声をかけ、会社をあとにした。


「明日対戦するFCヴィーゴは、去年の四年生大会でベスト16。守備が堅く、今大会は今のところ無失点に抑えている。二回戦までの相手とはわけがちがう」

若井はビールジョッキを握ったまま言った。

「よく調べたもんだな」

拓也が感心すると、「息子のためだ」と若井は照れもせずにこたえた。

地元商店街にあるチェーン店の居酒屋は土曜日のせいか、客の入りはまずまずといったところだ。ダブルのスーツの上着を脱いだ若井は、拓也のほぼ倍のペースで突き出た腹のタンクにビールを収めていった。手にしているのは早くも二杯目のジョッキだ。

拓也は聞き役にまわった。若井は話を聞く側より、話をする側に慣れているようだ。仕事でもそういう立場にあるのかもしれない。ただ、職業についてはお互い触れなかった。興味があるわけでもない。拓也が話すべき用件があるとすれば、ただひとつ。若井の観戦マナーについての苦言である。それは最後に伝えようと会う前から決めていた。

「しかし誤算だったな」

若井はようやくジョッキをテーブルに着地させた。

「なにが？」

「バンビーノだよ。正直、もっと強いと思ってた。将吾がやめたのが大きいけど、人数も少ないし、ジュンにとってはもの足りない気がする」

まったく勝手なやつだと思いながら、話の続きを待った。

「前にいたクラブの練習はもっとハードだったし、コーチには厳しさがあった。チーム内での競争もかなりシビアだったしな」

「リトルブルーだろ。強いって話じゃないか」

「まあな、この大会で優勝候補のエスペランサ・ジュニアとあたっても、いい勝負するんじゃないか」

拓也は少し迷ったが、若井が望んでいる気がして質問を口にした。「なんでまた、ジュンは四年生になってから、ウチに来たんだ？」

「おれが勧めたわけじゃない」

若井は鼻で笑った。「おれはむしろジュンにリトルブルーでがんばってほしかった。レベルの高いチームだからレギュラーをとるのは、そりゃあむずかしいさ。でも、いいところまでいってた。もう少しだった。あそこは子供も親も本気なんだ。だからいろいろとぶつかる場面もある。それを乗り越えてほしかった」

「じゃあ、移籍はジュンが望んだってことか？」

「そうじゃない。かみさんだよ」

その言葉に、「へえー」と拓也は声を漏らした。

「おまえ、知ってるよな？」

若井は残り少なくなったビールのジョッキをつかんだ。「ウチが別居してるってこと」

「ああ、なんとなくは……」

「きっかけは、その話だった」

「その話って、子供のサッカーってことか?」

若井は無表情のまま二重顎《あご》を縦に振った。

そんなことで、と拓也は口を滑らせそうになった。

「ウチのかみさんには、会ったことあるよな。ああ見えて高校時代はテニスで県大会の上位を争う選手だった。本当はジュンにもテニスをやらせたかったようだ。ジュンにサッカーをやらせたのはおれだ。やるからには上を目指せというのが彼女の考えで、それにはおれも賛成した。だから小さい頃からサッカースクールに通わせ、レベルの高いリトルブルーに入れたわけだ。

でもリトルブルーでのジュンは、Aチームに入れなかった。Bチームで結果を出していたけど、あくまでBチームのエース。背番号は9ではなく19番。かみさんはそんな待遇が気に入らなかったようだ。もちろんおれもね。息子が不当に扱われているようにさえ思ったよ。そういう話を夫婦でしすぎたのかもしれない。彼女はジュンがなぜAチームに上がれないのか、Bチームのコーチに尋ねた。コーチは明確な答えを持っていなかった。決めるのはAチームのコーチだと言われたそうだ。

かみさんはクラブへの不満と不信感を募らせていった。そこで彼女はAチームのコーチに直訴した。コーチは今の段階でジュンがAチームに移ったら、控えにまわるだろうし、ポジションも変わる可能性があると説明した。要するに力不足という評価だ。でもその根拠はよくわからない。Aチームのコーチが Bチームの試合を見るわけじゃない。このままではジュンはBチームのままで終わってしまう。だから、決めたのさ」

「バンビーノへの移籍を？」

「ちがう、ちがう」

若井は右手を揺らした。「エスペランサ京葉のセレクションだよ。三年生の終わりに受けた」

「えっ」

あのとき、あの場所にジュンもいたのか、と拓也は驚いた。

その事実を打ち明けようかと思ったが、若井はその時間を与えず話を続けた。

「リトルブルーのほかの選手たちも何人かセレクションを受けた。ジュンは一次テストを通ったけど、あっけなく二次テストで落とされた。Aチームの子がひとり、最終選考まで残って合格した。でもかみさんがショックを受けたのは、そのことじゃない。同じBチームの子の何人かが、二次テストも通ったんだ。彼女はその結果を受けて、ジュンには別のスポーツをやることを勧めた。あなたはサッカーに向いてない、と言い出したんだ。ジュンは泣いて嫌がったよ。

おれはその考えに反対した。でもその頃、かみさんの言動が、クラブの一部の保護者から批判を受けてた。エスペランサのセレクションの結果によって、風当たりはますます強くなった。二次テストにも受からないくせに、なにを騒いでるんだ、というわけさ。かみさんはクラブのママ友の輪から外れ、孤立していった。二人で話し合った結果、ジュンを別のクラブへ移籍させることにした。少し前からバンビーノのスクールに通わせていたから、決めたってわけさ」

「そのとき、ジュンはなんて？」

拓也は我慢できず口を挟んだ。

「サッカーができるならそこへ行くって。『なんでサッカーじゃなくちゃいけないの』と彼女は言った。おれと喧嘩《けんか》になったとき、『サッカーはそんなにえらいの』と怒鳴られもした。自分の父親が倒れたのをきっかけに、彼女はジュンを連れて実家に帰った。都合よく逃げたわけだな。おれはなんとかジュンを輝かせてやりたいと思って、サッカーの応援を続けているが、彼女は少々冷めてしまったようだ」

若井は言葉を切り、首をぐるぐるまわした。肩が凝っているのかもしれない。剃《そ》り残した髭《ひげ》が一本、頰からひょろりと伸びていた。たぶん気づいても、そのことを指摘してくれる人はまわりにいないのだろう。

若井はテーブルの注文ブザーを押して店員を呼び、生ビールを追加した。拓也は生グレープフルーツサワーを頼んだ。

最初に若井夫婦をグラウンドで見かけたとき、二人の会話に腹を立てたが、仲のよさそうな夫婦に見えた。少なくともそんな対立が起きているようには思えなかった。わからないものだ。

「だから、おれは決めたんだ」

酔ったのか、若井の声が大きくなった。「おれがジュンを、なんとかしてやるって。リトルブルーのAチームのやつらに負けない選手にするってな」

「それで試合中に大声で叫んでるのか？」

拓也は静かに尋ねた。

「――来たな」

若井はじろりと視線を向けた。

「え？」

「今日、おまえがおれと飲むと言ったのは、そのことを言うためなんだろ。バンビーノの親たちが、おれを煙たがってるのは知ってる。頼まれたのか？　あいつをどうにかしてくれって。おれだってそれくらいの空気は読めるさ」

若井は言って、唇をゆがめて笑った。

拓也はあっけにとられ、言葉を探したが見つからない。

「おれにはおれのやり方がある。他人の子供に指示を出してるわけじゃない。あくまで自分の息子のため。ジュンのためだ。耳障《みみざわ》りかもしれないが、それはおれにしかできないことだ。そうじゃないか?」

拓也はこたえなかった。いや、はじめからこたえを求めてなどいないだろう。若井に反省の色はうかがえない。だれがなにを言っても無駄な気がした。

「ジュンはプロのサッカー選手を目指してるのか?」

話題を変えようと、拓也はなにげなく口にしてみた。

「今のところはな。夢はでかいほうがいい。そのためなら、できることはしてやろうと思う。勇翔はどうなんだ?」

「わからない。前に聞いたときは、そうこたえた。でも自分から『なりたい』と言ったことはない」

「いいんじゃないか、べつに。自分のなかで夢を温めているのかもしれないし」

「ジュンとは一緒に練習するのか?」

「前はしてた。でも最近は時間がない。おまえは？」

「してるよ。おれも勇翔にはうまくなってほしい」

「親はいつだって自分の子供を贔屓目《ひいきめ》に見る。そして期待する。そういうもんだろ？」

「かもな」

「同じだよな」

若井の言葉に拓也はこたえなかった。なにかがちがう気がする。というか、同じであることは望んでいない。あるいは勇翔がもっとサッカーがうまければ、自分も若井のようになっていたのだろうか。

「あいつには、おれが必要なんだ。求めてやる人間がね。かみさんはサッカーのことなんて、わかっちゃいない」

若井は首を振りながら、鶏《とり》の唐揚げに箸をのばした。

生ビールと生グレープフルーツサワーが運ばれてきた。拓也は一緒に付いてきた半分にカットされたグレープフルーツを絞り器にかけ、ジュースをグラスに注《つ》ぎながら、この一杯で帰ろうと決めた。

「そうだ。ずっと草野に聞きたいことがあったんだ」

若井の声の調子が変わった。「おまえ、高校のとき、サッカー部を途中でやめたよな。どうしてだ？」

「今度はずいぶん昔の話だな」

拓也は笑ってごまかそうとした。

「いや、マジで知りたかった」

「なんでかな」と拓也はつぶやいた。若井と飲むのを避けていたのは、高校のサッカー部時代の話をしたくなかったからだ。

「おれ、言ったよな。おまえがやめたとき、なんでやめるんだ、みたいなこと」

「ああ、言ってたな」

「あのときおれ、怒ってたろ」

拓也は黙ってうなずいた。

「じつはおれも迷ってた。だからおまえがやめて動揺した。おれもおまえもレギュラーじゃなかったからな。試合に出られないのにチームに残っても無駄な気がしてた」

「じゃあ、なんで残ったんだ？」

「なんでだろうな。意地みたいなものかな。おまえに先を越されて、やめるとは言い出せなくなった」

若井が笑ったのは、拓也にではなく、自分に対してのような気がした。

「今でも恨んでるのか？」

「いや、そうじゃない。結果的に草野がやめてくれて、おれにチャンスがまわってきた。実際、最後の大会では試合に出ることができた。そういう意味では、責めるようなことを口にしたけど、感謝してるくらいだ」

拓也は気分が軽くなり、ふっと笑った。「気を遣うなよ。おれはあのときあきらめた。でも自分で決めたんだ。途中でやめたわけじゃない。あそこが、おれにとって最後だった。たぶんあのとき、おれはサッカーが楽しめていなかったんだと思う。楽しくなきゃ、続けられないんだよ」

拓也はそのことを口にした。

しかし風貌《ふうぼう》が変わってしまった元ライバルには残念ながら伝わらなかったようだ。

若井は赤らめた顔で懐《なつ》かしそうに話した。

「結局ベスト8に終わった。〝ケンイナ〟との最後の試合は0対5の完敗。大学受験に失敗して、浪人中にぶくぶく太りだした。でも一浪したおかげで、希望の大学に合格して、ＢＭＷに乗ってる。人生わかんないもんだよな」

「ダイエットすればいい」

拓也は笑いながら返した。

「まあ、おれのことなんてどうでもいい。それより明日だ。強豪のヴィーゴ相手にゴールを決めれば、自信がつくし、いいアピールにもなる。ジュンにはステップアップのチャンスだ」

「ステップアップ？」

「ああ、もっと強いチームへの移籍だよ」

「本気なのか？」

思わず拓也は顔をしかめた。

「そのためにもさ、勇翔のポストプレーに期待してるよ」

若井はてらてらと光る唇の端をつり上げるようにした。


居酒屋を出て、「もう一軒行く」と言う若井と別れ、十一時過ぎに帰宅した。

「どうだった？」

家では聡子が起きて待っていた。

「ああ、いろいろと話を聞いた」

拓也はこたえ、あくびをかみ殺した。

「大介パパに頼まれた件、うまく話せたの？」

その言葉には、首を弱く横に振った。

「やっぱりね」

「最後に言おうと思ってたんだ。そしたら高校時代の話になっちゃってさ」

「なにやってんだか」

聡子は初めからわかっていたみたいに、小さく笑った。

＊

「忘れ物ないね。ユニフォーム、スパイク、すねあて、水筒。だいじょうぶ？　じゃあ、行くよ」

聡子が急《せ》かした。

大会三日目の朝、勇翔を集合場所の小学校まで送って行くためだ。今日は公式戦のせいか車出しを申し出る保護者が多く、草野家の出番はなかった。拓也はあとから聡子と二人で試合会場に駆けつけるつもりだ。

狭い玄関で靴紐《くつひも》を結んでいる息子の背中に拓也は声をかけた。「勇翔、自分の思ったようにプレーしろ。後悔しないようにな。最後は、自分だから」

立ち上がってふり返った勇翔は、「わかってる」と言って左手を軽く挙げた。その手のひらに黒く滲《にじ》んだ文字が見えた。

「手、なんて書いてあるんだ？」

「忘れないように油性ペンで書いた」と勇翔は照れくさそうに手のひらを向けた。

拓也がのぞき込むと、そこにはこう書かれていた。

〝首をふれ！〟

「そうだな。忘れるなよ」

拓也はうなずきながら笑いかけた。

「じゃあ、いってきます」

勇翔は首を左右に振ってから、玄関のドアノブを握った。


試合会場にはチームの指定車以外停められないため、カーナビで駐車場を探した。あいにく近くにはなく、約一キロ離れた商店街にあるコインパーキングに車を停めて、会場へはそこから徒歩で向かった。関東地方は先週梅雨入りしたが、空は晴れ、雨の心配はなさそうだ。

ベンチサイドとは反対側の鉄棒が並んだあたりに、バンビーノの保護者たちが集まっていた。大介の両親、銀河ママ、聖也パパ、千夏ママ、いつもの顔にまじって、めずらしく顔を出した親の姿もあった。

簡単な挨拶《あいさつ》を交わし、拓也はその集団から少し離れた位置に歩いていった。大勢で応援しながら観戦するよりも、静かに試合を見守りたかった。聡子はお母さん仲間の輪のなかに加わっておしゃべりを続けている。

試合開始直前になって、若井が姿を現し、「よっ」と声をかけてきた。瞼《まぶた》がいかにも重たそうだ。

「二日酔いか？」

「ああ、まだ少し残ってる感じ」

若井はわざとらしくゲップをした。

三人の審判を先頭に両チームの選手たちがピッチに入場した。鮮やかなイエローのユニフォームのバンビーノ。グリーンのユニフォームのヴィーゴ。イエローの列の後ろから二番目に勇翔の姿を見つけた。顎を引き、やや緊張した表情をしている。

選手たちは整列し、挨拶を交わし、それぞれのエンドに分かれた。イエローのユニフォームの十一人が円陣を組む。キャプテンの大介がいつものように「絶対勝つぞ！」と叫び、みんなが「オー！」と声を上げる。「バンビーノがんばれー」ママたちの声援が飛んだ。

少し遅れて対戦相手のヴィーゴ、グリーンのユニフォームの円陣が声を上げた。全体的にからだの大きい子がそろっている。

バンビーノのボールでキックオフ。勇翔はジュンと一緒にセンターサークルのボールの前に並んだ。今日はその場所にいる勇翔の姿を落ち着いた気持ちで眺めることができた。勇翔はフォワードの先発に定着しつつある。ゴールを決めていない勇翔がフォワードで使われ続けているのは、おそらくポストプレーを評価されてのことだろう。

この一週間、朝練ではターンの特訓を一緒に繰り返した。ポストプレーを練習してきたおかげか、トラップはうまくなっている。そのせいか上達は早かった。まだミスも多いが、三回に一回はくるりとまわることができた。ただ実戦では試していない。今日の相手は若井の話では守備が堅いらしい。簡単に前を向かせてはくれないだろう。果たして勇翔は、どんなプレーを選択するのだろうか。

主審の笛が鳴り、勇翔がボールをスパイクの先で押し出すと、ジュンがトップ下の銀河へいったんもどした。

「ジュン、ゴールだぞ、積極的にいけ！」

鉄棒をひとつ隔てた場所から、さっそく若井が叫んだ。

ジュンはその声には反応せず、首を振ってディフェンダーの位置を確認していた。

拓也は両腕を組んで静かに観戦した。おしゃべりを終えた聡子が隣へやって来た。

前半二分、バンビーノはいきなりピンチを迎える。ヴィーゴのコーナーキック。センターバックの背の高い2番の選手がゴール前へ上がって行こうとしたが、途中で自重したのか後ろへ下がった。

グリーンの10番が右足で蹴《け》ったボールはカーブしてゴール前に上がった。ヘディングで合わせたのは9番の選手。きっちり額でミートしたシュートは、バーの上をかすめて飛んでいった。センタリングの質、ヘディングシュートの威力、小学生とは思えないほど見応《みごた》えのあるセットプレーだった。バンビーノの保護者たちの列から、一拍置いて安堵《あんど》の声が漏れた。

「ジュン、裏だぞ、裏をとれよ！」

若井の声が聞こえた。

その後もバンビーノは押し込まれる時間帯が続く。キャプテンの大介が声を上げて指示を出すが、クリアしたボールがなかなかつながらない。セカンドボールをことごとく敵に奪われ、サイドへ展開される。ゴール前に入ったクロスをなんとかクリアで防いでいた。

シュートを止めたキーパーのトモキからのパントキックのボールが、センターライン手前の勇翔の近くへ飛んでくる。勇翔は敵と競《せ》り合うが、背の高い2番にからだをうまく入れられてボールにさわることができない。

「収めてくれよ、勇翔！」

大介が苛立《いらだ》っていた。

前線でボールをキープできないため、ディフェンスはなかなか押し上げられずにいる。

──落ち着け、大介。キャプテンのおまえが動揺してどうする。

拓也は心のなかで語りかけた。

「なかなか攻められないね」

「今は我慢の時間だよ。ここを耐えれば、きっとチャンスがくる」

拓也の言葉に、聡子はうなずいた。

大介以上に苛立っていたのは、ピッチ内の子供ではなく、大人の若井だった。ジュンに細かい指示を出し続けた。

「下がるな」だの「右にまわれ」だの「とにかく一本シュートを打て」だのと叫んでいる。まるでボクシングのセコンドのようだ。そんな若井を怪訝《けげん》そうな顔つきで、小柄なハヤトがちらちら見ていた。関西から引っ越してきたハヤトは、ジュンと同じ時期にバンビーノの仲間入りをした。最初はとても無口だったが、今は馴染んできたのかよくしゃべるようになった。「けっこうつっこみが鋭いんだよね」と勇翔が話してくれた。

バンビーノのイレブンは、ゴールポストと運を味方につけ、ヴィーゴの前半の攻撃をなんとかしのいだ。打たれたシュートは七本。コーナーキックは四本を数えた。

後半に入っても試合の流れは変わらなかった。成瀬コーチの指示が出て、ジュンが下がって守備にまわった。かたちとしては、勇翔のワントップになった。それを理解していないのか、若井はことあるごとにジュンに前線にもどるよう声をかけた。

「ジュン、ゴール決める気あんのか。おまえの場所はそこじゃない。前に行けよ、前に！」

若井は両腕を組んで叫んだ。

拓也は自分も両腕を組んでいるのに気づき、あわてて腕をほどいた。同じ姿勢でいることすら、恥ずかしく思えた。

「勇翔、なんだか落ち着かないね。きょろきょろしてるよ」

聡子は心配顔だ。

「いいんだよ。あれは首を振って、まわりの状況を確認してるんだ」

「なんだ、そういうことか」

聡子はぷっとふきだした。

敵の両サイドバックは高い位置をとっていた。二人のセンターバックが勇翔についている。2番は勇翔より頭ひとつ背が高い。もうひとりの4番は勇翔と同じ背格好だが、足が速そうだ。

後半十分、バンビーノのベンチが動いた。ミツルがサイドバックで出場した。この大事な場面でミツルを起用するとは、成瀬コーチも勇気がある。ベンチに引っ込んだ選手のほうが、守備には安定感があるはずだった。案の定、ミツルのサイドから敵は攻め込み、再びコーナーキックを奪った。

——ドンマイ、顔を上げろ。

拓也はミツルを見つめながらうなずいた。

「おい、そろそろ決めようや！」

ヴィーゴのベンチから年配のコーチの声が飛んだ。

ヴィーゴサイドの保護者から余裕を感じさせる笑い声が上がった。

そのコーナーキックの場面で、敵のセンターバックの2番がゴール前へ上がっていった。自分で決めるつもりらしい。勇翔のマークは4番だけになった。

ここはピンチであり、チャンスだ。

拓也は勇翔を見つめた。勇翔は首を左右に振ってから、4番の死角となる位置にポジションを変えた。

グリーンのユニフォームの10番のコーナーキックは、ゴール正面に立った2番を正確に狙《ねら》ってみせた。マークには大介がついていたが、競り合いに勝った2番のヘディングシュートはかん高い音を立て、ゴールのバーを叩《たた》く。はね返ったボールを両チームの選手たちが囲んでの奪い合いになる。

と、そのとき、だれかがボールを大きくクリアした。

そのボールがセンターサークルのほうへ、ぐんぐんとのびてくる。

「来ちゃった」

聡子がからだを硬くするのがわかった。

勇翔は敵の4番の前にすばやく飛び出してボールをトラップする体勢をとった。

「上がれ！」と大介が叫ぶ。

勇翔の近くに走ってきたのはジュン。

勇翔はボールを右足でトラップすると、一瞬だけキープし、ジュンにすばやく落とした。

見事なポストプレーだった。

「よし！」と拓也は声に出した。

ジュンはそのままドリブルでゴールに向かった。

「自分で行け！　自分で！」

若井が右腕を振り上げている。

しかしジュンの背後に俊足の敵の4番が迫ってくる。ジュンは察知したのか、右から上がってきたフリーの聖也にパスを出した。

「なにやってんだ！」

再び若井が叫ぶ。「自分だろうが！」

聖也は右サイドをボールと一緒に走った。

「カウンター、守れ！」

敵のベンチから声が飛ぶ。

ヴィーゴサイドの保護者たちも今度はさすがに笑ってはいられなかった。

ジュンに続いて、勇翔も敵のゴール前へ上がっていく。

銀河も、千夏も来た。

ドリブルで駆け上がった聖也は追いすがってきた敵を切り返しでかわし、ペナルティーエリアに走り込んできたジュンに絶好のパスを送った。

――ゴール前、右斜め四十五度。ジュンが最も得意とするゾーン。

「打てっ！」

今までで一番大きな声が、鉄棒をひとつ隔てた場所から飛んだ。

敵が足を投げ出すようにしてシュートを阻止しに来る。

ジュンは強引に右足を振り抜いた。

シュートは力みすぎたのかゴールのバーのはるか上を飛んでいった。

「くそっ！」と若井が声を上げた。

バンビーノのサポーターたちが、それぞれのリアクションで嘆き、天を仰いだ。

若井は頭を抱えたあと、「え、コーナーでしょ！」と叫んだ。

ジュンのシュートが敵の足に当たったように見えたらしい。あるいは都合のいい解釈だったのか、大声で抗議した。

しかしピッチサイドの副審は旗を水平にして、ゴールキックを示している。主審も同じ判定を下した。

「どうなってんの！」

若井が両手を広げて呆れてみせた。

近くにいる観戦者たちから失笑が漏れた。

シュートを外したジュンがもどってくる。

若井がなにか言い、ジュンがこちらに近づいてきた。ジュンは額に汗を光らせている。ピッチサイドでまた説教がはじまるのかと思ったそのとき、ジュンが突然叫んだ。

「うるせえ！　黙ってろよ！」

ジュンは目を細め、にらんだ。

その声でさっきまでの喧噪《けんそう》がピタリと止《や》んだ。グラウンド全体が静かになった。

「ジュン」と聡子がつぶやくのが聞こえた。

若井はズボンのポケットに両手の親指をかけ、腹を突き出している。しかし動揺は隠せず、二重顎を引いたまま突っ立っていた。

主審がゲームを止めて、こちらに向かってきた。

「どうかしたの？」

ベテランらしき中年の主審がジュンに声をかけた。

「うるさくてやりづらい」

ジュンは吐き捨てるように言った。

主審は若井をちらりと見たが、ジュンにだけ語りかけた。「落ち着いて、自分たちのゲームに集中しよう」気持ちを抑えるように、両手を使ってジェスチャーで示した。

凍りついたように動きを止めた若井の前を、ハヤトが通りながら唇をとがらせた。

「ほんまやでぇ、やかましくて、やってられんわ」

拓也は聡子と顔を見合わせた。

「切り替えろよ！」

成瀬コーチの声がピッチに響いた。

ゴールキックから試合が再開された。時計を見ると、残り時間五分を切っている。イエローのユニフォームの背番号9はプレーを続けながら、右腕で何度も目のあたりをこすった。涙が止まらないようだ。それでも泣きながら走っていた。

――よくぞ言った、ジュン。

拓也はその姿を見つめながら、唇の端を強く結んだ。

自分を含めて大人たちはだれも言えなかった。若井を黙らせることができたのは、ジュン、おまえだけだ。

ふと横を見たら、さっきまでそこにいた若井の姿がない。肩を落としてゆっくりと遠ざかっていく。悄然《しょうぜん》としたその背中を憐《あわ》れに感じたが、声をかけようとは思わなかった。

ピッチサイドは急に静かになり、子供たちの声だけがこだました。それが本来あるべきピッチの姿だ。

子供たちは夢中になって、仲間同士で声をかけ合い、ボールを追いかけている。

二分後、ゴール前で大介が敵の10番にボールを奪われてしまった。10番はキックフェイントでキーパーのトモキを抜き、ゴールの右隅にシュートを流し込んだ。あっけなく先制ゴールを許してしまった。

だれも大介を責めなかったが、「ごめん」と大介は叫び、うつむいた。遂に均衡が破れ、試合は1対0となった。

「まだ終わってないよ」

千夏が鼓舞する声を上げた。

キックオフで試合が再開された。残り時間は一分を切っている。

再び攻め込まれるが、ボランチの千夏が敵からボールを奪い、銀河につないだ。銀河は前を向き、左足の独特のステップで相手をひとりかわし、さらにドリブルで前へ仕掛ける。

前線にはジュンと勇翔。右に開こうとするジュンを背の高い敵の2番がマークする。勇翔はペナルティーアーク近くで立ち止まり、ゴールに背中を向けた。

おそらくは、ラストチャンス。

髪をなびかせながら、銀河が顔を上げる。銀河の左足が選んだのは、勇翔だった。

拓也が待ち続けたその瞬間が、遂に訪れた。

――さあ、どうする？

拓也は目を見開いた。

銀河はパスを出すと同時に、勇翔の左側に向かってボールをもらいに走った。

ジュンも右側に顔を出し「勇翔！」と呼んだ。

ゴールを背にした勇翔はパスにからだを寄せると、右足でボールを引きながら、くるりとターンした。

前を向いた瞬間、躊躇《ちゅうちょ》なく右足を振り抜いた。

——来たっ！

拓也は息を呑《の》んだ。

勇翔のシュートは枠をとらえた。

キーパーは逆をつかれて倒れ込んだ。

しかし次の瞬間、ボールが宙に舞った。

キーパーの足に当たってはね返ったのだ。

そのボールを敵の選手がピッチの外にクリアした。

「あーっ」という失望と安堵のため息が、一斉にピッチサイドから上がった。

「なんで！」

聡子が地団駄を踏んで悔しがった。

あと数センチだった。

ピッチでは、シュートをセーブしたキーパーに仲間たちが声をかけた。

勇翔はすでに気持ちを切り替え、次のプレーに移っていた。

ざわめきの余韻がまだ残っているそのとき、主審がセンターサークルに向けて手をのばし、試合終了の笛を三回、長く鳴らした。

グリーンのユニフォームの選手たちが両手を挙げて喜んだ。

イエローのユニフォームが、その緑の谷間に沈んでいく——。


試合後、ベンチにもどった選手たちが、応援していた保護者たちの前に挨拶にやって来た。キャプテンの大介は泣き顔だった。ジュンはうつむいていた。勇翔は唇を強く結び、まっすぐに前を向いていた。みんな悔しそうな顔をしていた。

整列し、大介の号令で挨拶。保護者たちは敗れた子供たちに温かい拍手を送った。イエローのユニフォームの選手たちは、ゆっくりとした足取りで再びベンチへもどっていった。

大介パパは肩を落とし、長いため息をついた。

「将吾がいればね」

だれかの声が聞こえた。

「だよね……」

その言葉にだれかが同意を示した。

「あそこで、ね」

銀河ママはそこまで言って、首を振った。

呑み込んだ言葉は、容易に想像できた。

「あそこで、勇翔が決めていれば……」。あるいは「あそこで、勇翔がパスを出していれば……」

親たちから少し離れた場所まで来たとき、聡子が耳打ちした。「みんな勝手なこと言ってくれるよね」

「気にするな、勇翔はよくやった」

拓也は敗戦にもかかわらず、口元がゆるんでしかたなかった。

勇翔はまちがいなく成長していた。自分自身を追い越し、そしてまた、今の自分を追いかけている。

だれかと比べて一喜一憂してもしょうがない。

拓也にはそう思えた。


バスタブに浸《つ》かって待っていると、曇ったドアが開き、裸になった勇翔が入ってきた。待っていた時間が長く、拓也は少しのぼせてしまった。

「どうする、あったまる？　それとも洗う？」

拓也が問うと、「入る」と勇翔はこたえた。

「よし、じゃあひとりで入れ」

拓也はバスタブから出て、椅子《いす》に腰かけて頭を洗いはじめた。濡《ぬ》らした髪をシャンプーで泡立てながら言った。「負けちゃったな」

「うん」

「悔しいか？」

「まあね」

「そうか」

拓也は手を休め、排水口を見つめながら言った。「父さんな、すごくうれしかった。試合にはたしかに負けたけど、おまえはよくやった。試合終了間際《まぎわ》のチャンスで、勇気を持ってふり向いたとき、ああ、勇翔はフォワードになったんだなって、しみじみ思ったよ。本物のフォワードにね。ゴールは決められなかったけど、あのターンは素晴らしかった。今日はおまえの右足が、ゴールに一番近づいた日だ」

湯に浸かった勇翔は黙っていた。

「ゴール前ですばやくターンができた。シュートを打った。そこまで来たんだぞ。あとは決めるだけだ」

「――そうだね」

今度は声が返ってきた。

拓也は髪の毛を両手の十本の指の腹でごしごし洗った。なぜだか、鼻の奥がつんとした。

「ぼくもシュートが打てて、うれしかった」

勇翔が言った。その声は沈んでなどいなかった。

「惜しかったな」

「うん、入ったと思ったんだけどなあー」

悔しそうな声色がおかしくて、拓也は声を出して笑った。

シャンプーの泡をシャワーで洗い流して、拓也は顔を上げた。右手を差し出すと、照れくさそうに勇翔がその手をつかんだ。赤く上気した頬がもりあがり、白い歯が見えた。

「ところで、ジュンはだいじょうぶだった？」

「学校にもどったら、お父さんが待ってて、車で一緒に帰ったよ」

「そうか。そいつはよかった」

拓也はうなずいた。

「あっちぃー」と言って勇翔は両腕でからだを浮かし、バスタブのへりにお尻《しり》と両足を載せて座った。

「なあ、勇翔。今度の日曜日だけど、クラブの活動がオフになったじゃないか」

「大会、終わっちゃったからね」

「母さんと恵里には話したんだけどさ、日曜日、みんなでどっかに出かけないか？」

「どっかって？」

「そうだな、海なんてどう？」

「海？」と勇翔は首をひねった。「なにしに？」

「なにしにって、たとえば、釣りとかさ」

拓也はなにげなく言ってみた。

「釣りか」

「嫌いか？」

「やったことないから、わからない」

「そうだよな。サッカーばっか、やってきたもんな。父さんが教えてやるよ」

「だったら、やってみようかな」

勇翔はバスタブのお湯を右足で蹴るようにした。

「行ってみるか、海？」

拓也がもう一度誘うと、「いいよ」と勇翔は笑った。

6月23日（日曜日）五年生大会　三回戦

今日はFCヴィーゴと試合をした。相手は強くてなかなかせめられなかった。体の大きなディフェンダーがいた。

後半、敵に1点をとられた。みんなあせっていた。

試合時間が少なくなったとき、銀河がドリブルで上がってきた。ぼくは首をふって、まわりを見た。ぼくにはマークがついていなかった。銀河のパスがきたとき、心ぞうがドキドキした。でも迷わずターンした。ゴール前ではじめて前を向けた。シュートはキーパーのスパイクに当たってしまったけど、うれしかった。

試合のあと「なんであそこでターンしたの?」と銀河にきかれた。「シュートを打ちたかったから」とこたえると、銀河は「ふーん」と言った。でも怒っていたわけじゃない。ジュンは「おしかったよな」といってくれた。

次はゴールを決めたい。

今度の日曜日、父さんは海へ行こうといっている。本当は、ぼくはサッカーの練習がしたい。

でもたまには父さんのやりたいことにも、つきあってあげようと思います。

8

バンビーノの活動がオフになった日曜日、朝から雨が降り、家族で海へ行くのは中止になった。釣り具の準備に万全を期した拓也はがっかりした。

「リールまで新しくしたのに……」

怨《うら》めしげに窓の外を眺める拓也に、「この雨じゃしかたないよ」と勇翔がなぐさめの言葉をかけた。

「梅雨だからな」

「そうそう」と聡子がうなずく。

「ぼく、録画しといたプレミアリーグの試合を見るから」

勇翔は意外にさばさばとしていた。

「今度、いつ釣りに行けるかな」と拓也はつぶやいた。

「そんなに行きたければ、晴れた日に、父さんひとりで行ってくればいいじゃない」

恵里の声がいじわるに聞こえた。

サッカーの小学五年生大会は、四回戦が翌土曜日に雨天順延となり、五回戦が日曜日に行われた。

月曜日、拓也は会社のパソコンで県のサッカー協会のホームページを開き、試合結果をこっそりプリントアウトして家に持ち帰った。息子のチームは負けてしまったわけだが、ほかのチームの動向が気になっていた。

「ウチに勝ったFCヴィーゴは、リトルブルーに負けたぞ」

拓也はトーナメント表を指さした。

「マジかよ。0―5って、完敗じゃん」

のぞき込んだ勇翔が呆《あき》れ声を出した。

「さすがにリトルブルーは強いよな。次の日曜日の準決勝、優勝候補のエスペランサと対戦する」

「見てみたいな！」

勇翔の声が弾んだ。

「Jリーグ下部組織のエスペランサといえども、楽には勝たせてもらえないだろうな」

「そりゃそうだよ、リトルブルーには将吾だっているもん」

「将吾のやつ、試合に出るかもな。見に行こうか？」

拓也にしても気持ちは同じだった。勇翔と同年代の強豪チームの子が、どれくらいのレベルにあるのか自分の目でたしかめたかった。それにリトルブルーに移籍した将吾のその後について、気になってもいた。

勇翔がバンビーノでフォワードのポジションに定着したのは、青芝親子のおかげとさえ思っている。勇翔の移籍について拓也が相談した際、青芝は賛成できないと顔を曇らせ、「チームの状況なんてものは、いくらでも変わりますから。勇翔君にも必ずチャンスが訪れますよ」と励ましてくれた。それだけでなく、勇翔が「しょうごのかべ」と名付けた練習場所も教えてくれた。

それからしばらくして将吾がリトルブルーに移籍して、フォワードのポジションが空き、勇翔はチャンスをつかんだ。学校に行く前の早朝練習や「しょうごのかべ」での練習の成果なのだが、お礼というか、今の勇翔の状況について、できれば青芝に伝えたかった。

「けど、やっぱりぼくはやめとく。その日は練習あるから」

勇翔は切り替えたのか、きっぱりとした口調だった。

五年生大会準決勝当日、勇翔はいつもどおりバンビーノの練習に参加した。拓也はリトルブルー対エスペランサの試合を見に出かけた。将吾の応援に来るであろう青芝に会えるかもしれないと思ったからだ。

　準決勝だけあって、試合会場の小学校のグラウンドは大勢の応援の人でごった返していた。ブルーのタオルを首に巻いたリトルブルーのサポーター。イエローのそろいのTシャツを身につけたエスペランサのサポーター。どちらも同じくらい集まっていた。グラウンドを囲むネットには両チームの横断幕が掲げられている。我がバンビーノの保護者のまばらな応援とはわけがちがった。


　――午前九時半、キックオフの笛が鳴った。

　拓也はリトルブルーの保護者が集まったサイドで試合を観戦した。リトルブルーのスタメンに、将吾の姿はなかった。ベンチまではピッチを挟んでいるため、将吾がいるのかはっきりしない。ビデオを構える観戦者のなかに、青芝の姿を探したけれど見つからなかった。

　予想に反して、試合は一方的なものになった。勇翔たちに勝ったヴィーゴに圧勝したリトルブルーだったが、エスペランサには終始押し込まれ、歯が立たず。ピッチに立ったエスペランサの十一人は、落ち着いて自分たちのパスサッカーを展開し、ゴールネットを揺らし続けた。

　途中交代で出場したリトルブルーの選手に目を凝らしたが、残念ながら将吾ではなかった。

試合終了の笛が鳴ったとき、敗れた青いユニフォームの選手たちは、どこかほっとしているような表情を見せた。結果は0対6の完敗。

上には、上がいる。

そしてまたその上には、上がいる。

拓也はその光景を間近に見て思い知った。ピラミッドの頂点に立てる子は、ほんの一握りにすぎないのだ。

会場をあとにしようとしたとき、肩を叩《たた》かれた。もしや青芝では、と思いふり返ると、サングラスをかけた太った男が「よっ」と右手を挙げた。

「どうしてここに？」

拓也が驚くと、「リトルブルーはジュンにとって古巣だからな」と若井はこたえた。

ピッチに立った息子に怒鳴られ、試合会場から悄然と姿を消した若井は、どこかバツが悪そうだった。

「それにしても強かったな、エスペランサ」

拓也は余計なことには触れなかった。

「ここまで差があるとはな。リトルブルーはもっとやれると思ってた」

若井はサングラスを外して、胸ポケットにしまった。

「わからないもんだな」

「リトルブルーは準決勝まで危なげなく上がってきたけど、大会前にエースがエスペランサに移籍したのが大きかったな。しかもその元エースは試合にも出られず。ほかにもゴタゴタがあったみたいだ」

訳知り顔で若井はチーム事情を話した。

「そういえば、ベンチに将吾はいた？」

「バンビーノから移籍した青芝将吾のことだろ」

若井は目を細めてこたえた。「ベンチには入ってない。この大会でイエローカードを二枚もらったって話だ」

「将吾が？」

「そうだよ、あの将吾がね。最初の一枚は危険なタックルに対する警告。二枚目は非紳士的行為。イエロー二枚で退場さ」

拓也はそのシーンを思い浮かべようとしたが、無理だった。

怪訝《けげん》な表情を読みとったのか、「嘘《うそ》じゃない」と若井が言った。

「将吾はそんなに熱くなるフォワードじゃなかったのに」

「それも勘ちがいだな」

「勘ちがい？」

「そもそも将吾はリトルブルーではフォワードじゃない」

「ほんとかよ？　じゃあ、ミッドフィルダー？」

「いや、センターバックにコンバートされた。よくあるパターンだな。それに二枚目のカードの原因になった非紳士的行為は、チームでも問題になったらしい」

「どうしてだ？」

「将吾がつかみかかったのは、対戦相手の選手じゃなくチームメイトだったから」

「え？」

拓也にはわけがわからなかった。

「将吾はリトルブルーに移籍して、すぐにAチームに入った。まあ、そういう約束だったんだろう。でもチームに馴染《なじ》めず、精神的に不安定になっていたそうだ。あの子はうまかったけど、気持ちが強いようには見えない。父親はすごくサッカーに熱心だったが、息子にはそこまでの覚悟がなかったのかもな。チームメイトとなにがあったのか知らないが、試合で退場になってからは、練習にも出てこないって話だ」

「その話、いつ聞いた？」

「今さっき、知り合いの親から。そうなると、移籍も考えもんだよな。子供のことを思えば、安易に考えるべきじゃないな……」

若井は二重顎《あご》を小さく二度振った。

帰宅後、拓也は勇翔と一緒に風呂《ふろ》に入った。

若井から聞いた将吾の話はしなかった。自分自身、まだ信じられない。だから試合の結果だけ教えるにとどめた。

「どんだけ強いんだよ、エスペランサ」

勇翔はおどけてバスタブに水しぶきを立てた。「で、将吾は出たの？」

拓也は少し迷ってから、「出なかった」とだけこたえた。

「今日の練習はどうだった？」

拓也は早々に話題を変えた。

「フツーに楽しかったよ」

「みんな来たか？」

「うん」

「今日の練習でだれがよかった？」

拓也が勝手な期待を込めて尋ねると、意外な名前が挙がった。

「最近伸びてるのは、ミツルじゃないかな」

「そうなの？」

「うん、ドリブルがうまくなった」

「すごいじゃん、ミツル」

「でも、ミツルがドリブルできるようになったのは、みんなから認められてパスがくるようになったからだと思うよ」

「へえ、そうなんだ」

「そりゃあ、そういうもんだよ」

勇翔の言葉に拓也は感心した。子供の世界でも、周囲に認めてもらうことが飛躍へのステップなのかもしれない。

「そういえば、ツバサはどうしてる？」

ふと思って拓也はその名前を口にした。

「ツバサって、やめちゃったツバサ？」

「そう、仲良かったじゃん」

「クラスはちがうけど、今でも仲いいよ」

「そうか、それはいいことだな」

勇翔は少し考えるそぶりを見せてから、口を開いた。「このあいださ、学校のグラウンドに〝ドクターヘリ〟が降りてきたんだ」

「ドクターヘリ？」

「知らないの？　緊急の患者さんを病院に運ぶヘリコプター。校内放送があったから、休み時間にこっそり見に行った。そしたらそこにツバサもいたんだ。一緒に隠れて見てたら、校庭に救急車と消防車が停まっててね、空からヘリコプターが降りてきたんだ」

「へえ、小学校でそんなことがあるんだ」

「校庭がドクターヘリの着陸場になってるんだって。ヘリコプターが着陸したら、救急車から担架で人が運ばれてさ。消防士の人が銀色の幕で隠してた。ドクターヘリのお尻《しり》の扉が開いて、そこから患者さんは入っていったんだ。オレンジ色の服を着た人が両手に持った赤い棒をゆっくり上下させて、ドクターヘリが浮かび上がったとき、校庭の砂がすごく舞い上がった。ぼくの前にある桜の枝が揺れてたもん」

「すごいシーン、目撃しちゃったね」

「でしょ。そしたらね、ツバサはもう何回も見たって言うんだ。なんでって聞いたら、ドクターヘリの操縦士になるんだって言ってたよ」

「へぇー、あのツバサがね……」

拓也は、二人一緒に入るには少々狭くなってきたバスタブでうなずいてみせた。

勇翔が寝たあと、今日の試合のことを聡子に話した。

「どうしちゃったんだろう将吾君、心配だね」

聡子も同じように驚いていた。

「勇翔がまだサイドバックをやってる頃、ジュンなんかにいろいろ言われてたけど、将吾は言わなかった。そういう真似《まね》が、できないやつだった」

「そういえば、そうだったね。あんなにうまかったのに」

「競争に向いてなかったのかな……」

拓也は首をひねり、深めのため息をついてみせた。


金曜日、めずらしく課長の小田切から「飲みに行かないか？」と誘われた。

断る理由も見当たらず、「いいですね」とこたえ、一緒に行きたそうな顔をしていた後藤を誘おうとすると、「今日は二人で飲もう」と言われた。定時に退社し、駅向こうにあるという店へ向かった。

落ち着いた和風の店の入口で「予約した小田切です」と課長が名乗り、個室に案内された。

なんとなくいやな予感がした。

乾杯のあと、「最初に用件を話しておく」と小田切が切り出した。口調は穏やかだが、単なる暑気払いでないことがはっきりした。ひと口だけ飲んだが生ビールの味がしなかった。

「なんの話だと思う？」

拓也は戸惑いつつ、「私の営業成績についてですか？」と言ってみた。

「なぜ、そう思う？」

「それは、最近数字が出てませんから」

「そうだな、芳《かんば》しくない」

小田切は小さくうなずいた。「なにか心当たりでもあるのか？」

「原因ですか……」

拓也は言葉に詰まった。

沈黙が長引き、店員が料理を運んできた。店員が下がっても、小田切は口を開かず、突き出しにも箸《はし》を付けようとしなかった。

「じつはこのあいだ、〝なのはなホーム〟の鈴木専務に偶然会ってね」

小田切がようやく沈黙を破ったとき、拓也はぎくりとして顔を上げた。

〝なのはなホーム〟は住宅リフォーム専門の地域に密着した工務店で、小田切が自ら開拓した得意先のひとつだ。今は拓也が担当を引き継いでいる。鈴木専務は我が社へ広告を出す場合の窓口責任者と言っていい。

「景気の話なんかをしたあと、最近、ウチの営業は顔を出してますかって尋ねてみたんだよ」

「いえ、このところちょっとご無沙汰《ぶさた》でして」

拓也は自分から白状し、頭を掻《か》いた。

「そうなの？　でも専務はついこのあいだ、君に会ったって言ってたけど」

「いつのことですか？」

「日曜日だよ」

「日曜日？」

拓也は首をひねった。「どこでですかね？」

「小学校のグラウンド」

「え？」

拓也は思わず背筋を伸ばした。

自分が小学校のグラウンドへ行くとすれば、勇翔のサッカーがらみしか考えられない。試合観戦のときにでも、顔を見られたのだろうか。

「専務は、遊びに連れ出した孫と一緒だったそうだ」

「そうでしたか。気づきませんでした」

拓也は意味もなく首を揺らした。

「べつにそれはなにも問題じゃない。休日だからね。どう過ごそうが自由じゃないか」

「ええ、まあ……」

「ただね、別の顧客からこんな話を聞いた」

小田切の声色が変わった。「『おたくの営業は、休日に打合せを頼むと、いつも予定が入っていて話が進まない。やむを得ず別の媒体に広告を打つことに決めた』とね。これは問題じゃないか？」

拓也は小田切がなにを言いたいのか察した。このところ休日の打合せを立て続けに断っている。以前と比べれば、最近は休日出勤もかなり減った。

理由は、勇翔のサッカーだった。

「そういえば、子供はいくつになった？」

唐突に話題が変わった。

「上の娘が中一、息子が五年生です」

「そうか、息子さんも五年生になったか。サッカーをやってるんだっけ？」

「ええ、そうです」

「サッカーね、そういえば今年のエスペランサは調子がいいらしいね」

小田切はなかなか本題に入ろうとしない。

拓也はポケットからハンカチを取り出し、汗の浮いた額に押し当てた。なにもかもお見通しな気がして、早く楽になりたかった。

「専務が私に会ったと言われた日曜日は、息子のサッカーの試合を見に行ってたんだと思います」

拓也は自分から話すことにした。

「ほう、なるほど」

「最近、息子が試合に出られるようになったんで、つい夢中になって」

「そういう経験は私にもある。自分の子供が活躍する姿を見るのは、そりゃあ楽しいもんだ」

小田切はようやくナスの揚げびたしに箸をのばした。

「ええ、ただ、息子にとってはサッカーが仕事のようなものですが、私はちがいますから」

拓也は引いた顎をネクタイの結び目に押しつけた。

「そう思うかい？」

「はい」

「それはたしかにそうだ。たとえば勤務中にネットで子供のサッカー情報を集めたり、外回りの途中で子供のスパイクを選んでいるようじゃ、営業の成績が下がるのも無理はない。それにウチは地域密着型の情報紙だからね。地元の人の目に注意する必要がある。打合せをサボって、子供のサッカー観戦をしてたなんて噂《うわさ》でも立ったら、信用問題だ。土日の出勤は避けられるに越したことはない。でも多くの人が土日も働いている。その現実を忘れてはならない。そして君が言うように、仕事は仕事だ」

「その通りです」

拓也はうなだれた。

勇翔のサッカーに夢中になりすぎ、本業がおろそかになっていた部分がたしかにあった。小田切はそのことに気づいていたようだ。拓也は、後藤をつかまえては子供のサッカーの話ばかりしていた。そんな話も後藤経由で耳にしていたのかもしれない。私生活まで監視されているようで気分はよくないが、あらためて考えさせられた。

「まあ、飲みたまえ」

小田切の声がしたが、顔を上げられなかった。

「わかるんだよ」

不意に口調がやわらかくなった。「そういう親の気持ちもさ」

「え？」

「自分も同じような時期があってね。息子の応援に夢中になった」

「課長が、ですか？」

「意外だろ？　そのときは、私も今の君のように上司に注意された」

小田切の口元に笑みが浮かんだ。

緊張がゆるみ、拓也はジョッキに手を伸ばしてゴクリとやった。喉《のど》がひどく渇いていた。

「息子さんは、なにを？」

すかさず尋ねてみた。

「ウチの子の場合は、競泳」

「スイミングですか」

「じつを言えば、私も学生時代にやってた。だから、ついつい口を出したくなった」

「そうですよね。自分も同じです」

拓也は生ビールをぐいっと呷《あお》った。

小田切が家族の話を自分からはじめるのは初めてのことだった。考えようによっては、腹を割って話してくれているようにも思えた。

「ウチの息子は、小学生の低学年から選手コースに抜擢《ばってき》されてね、コーチから期待されてた。少なからず私も息子に才能を感じた。だから週末には欠かさず練習を見に行ったもんさ。クラブの初めての大会では、クロールと平泳ぎで金メダルを獲《と》ってね」

小田切は気持ちよさそうに話した。

「いきなり金ですか」

拓也は枝豆に手を伸ばした。

「もちろんそのときはうれしかった。息子も妻も喜んでいた。でもそんな内輪の大会で満足させたくなかった。よかれと思って、息子に高い目標を立てさせてね。その目標を私が紙に書いて、部屋の壁に貼《は》ったよ。気づいた点は、ちくいち息子に伝えた。水を掻く手のひらの向き、キックの際の腰の使い方。直らなければ繰り返し言って聞かせた。息子は弱音を吐かず、毎日毎日タイムを上げるために泳ぎ続けた。

ちょうどその頃だよ。週末の打合せを息子の応援ですっぽかして、上司からこっぴどく注意された。それから仕事が忙しくなったせいもあって、プールから足が遠のいた。しかたなく、息子にタイムや大会の成績を毎日のように尋ねることにした。会話からは、息子が順調にスイマーとして成長している姿がうかがえた。息子の夢はオリンピックだったからね」

「それはすごい」

拓也は思わず唸《うな》った。

小田切はビールで喉を潤《うるお》し、話を続けた。「ようやく仕事が一段落ついて、週末に時間ができたとき、ひさしぶりにプールに出かけたんだ。いつものようにプールを見渡せる観覧席に座って息子を探した。けれど、どこにも息子の姿が見当たらない。不審に思って知り合いのコーチに声をかけたら、逆に驚かれてしまった。息子は半年くらい前から来なくなり、休部扱いになっていると言われたんだ。頭のなかが真っ白になったよ。

逆上した私は、すぐに息子のケータイに電話をかけた。でも、何度かけても息子は出ない。秘密がばれたことに気づいたんだ。しかたなく妻に電話をして、ことの真相を問い詰めたところ、本人は水泳をやめたがっていると涙ながらに打ち明けられた。私は腹が立ってしかたなかった。息子はずっと私に嘘をついてたんだ。『調子はいいよ』とか、『今日は三千泳いだ』とか、『つぎの大会では金メダルを狙《ねら》う』なんて平然と口にしていた。いったいなんだったんだ、と思ったよ。こっちは真剣に応援していたのに。

その日、息子は家にもどらなかった。息子の部屋に入ると、脱ぎっぱなしの服やゲームソフトやコミックが散乱してた。飾ってあったトロフィーやメダルは、いつのまにか片づけられていた。目標を書いた紙も壁にはなかった。机のなかから、先のとがったもので叩き割られた、使い物にならないゴーグルがいくつも出てきた。

その日は一晩中起きていた。最初は帰ってきたらどうするか考えてた。場合によっては強く出て、殴ってやろうかとかね。でも夜中の十二時をまわると、とにかく無事に帰ってきてほしいと願った。息子になにかあったら、そう思うと胸が潰《つぶ》れそうになった。冷静に考えてみれば、息子に嘘をつかせていたのは、自分だったんだからね。息子の生活は、まさに水泳一色だった。本人はそれを望んではいなかった。そのことに気づいてやれなかった。どこかで私が、それを許さないと思っていたんだろうね」

小田切はそこまで話すと、ゆっくりジョッキを手にした。

思いがけない話の展開に拓也は黙るしかなかった。

脳裏に浮かんだのは、勇翔が四年生のときのことだ。試合でボールを怖がった勇翔を公園に連れて行き、至近距離からボールを蹴《け》りつけた。そのあとでリフティングの回数をごまかしたことを強く責め、頬を叩き、「やめちまえ」と叫んで、ボールを森の奥に蹴って自分だけ帰ってしまった。

あのとき、自分もそうだった。

勇翔は嘘をつきたかったんじゃない。

自分が勇翔を追い詰めて、嘘をつかせたのだ。

「――で、息子さんは？」

拓也は声を低くして尋ねた。

「空が白んできた頃、帰ってきた。そのときは、なにも言わず抱きしめたよ」

小田切は静かに言うと、遠い目をした。

拓也は他人《ひと》ごとながら心底ほっとした。ジョッキをつかみ、遠慮せずにビールをごくごく飲んだ。潤んだ瞳《ひとみ》を乾かそうと、まぶたをしばたたかせた。

「それから家族で話し合ってね、水泳は正式にやめさせた。息子は中学時代帰宅部で通したけど、高校で自分から水球をはじめた。大会を見に行ったことはない。妻の話では、楽しんでたようだ。今は元気に大学に通ってる」

「そうですか」

「今でもあの夜のことを考えると、ぞっとする。ひとつまちがえれば、なにかが起きていたかもしれない。事故や事件に巻き込まれる可能性もあった。こういう言い方は変かもしれないが、運がよかった」

小田切はジョッキのビールを飲み干した。

拓也は店の人を呼び、酒と料理を頼んだ。今日、小田切が自分を誘ったのは、営業成績の件もあっただろうが、この話を聞かせるためだったような気がした。小田切の目には、部下があの頃の自分と同じように映ったのかもしれない。

「息子さん、勇翔君だったね？」

「ええ、そうです」

「喘息《ぜんそく》はよくなったの？」

「え？　なんで知ってるんですか？」

「後藤君に聞いたよ。で、サッカー、楽しんでる？」

「あ、ええ……。どうですかね、そうあってほしいとは思ってます。最初はまったくへたくそで、どうしてこんなにできないんだろうと情けなくさえなりました。でも、今はようやくレギュラーになったたって感じです」

「そうか。ところで、君のところはだいじょうぶだろうね？」

小田切が射抜くような目をして見つめた。

「ええ、でも思い起こせば、親のほうが夢中になっていたと思う場面もあります」

拓也は正直にこたえた。

「身代わりアスリートって知ってるかい？」

小田切が言った。

「身代わりアスリートですか？」

「――そう。親やコーチなんかに、自分の果たせなかった夢を託された子供のことだよ。過度の期待を背負わされ、プレッシャーをかけられた子供は、スポーツ本来の喜びを得られずに、そのスポーツから離れていく。それだけでなく、そのことがトラウマとなって引きこもりになったり、非行に走ったり、ときには自殺に追い込まれることもある。海外でもそういう事例がたくさんあるらしい」

拓也は身震いして首を縮めた。

「どんな家庭でも起こり得ることなんだ。君のまわりにはそんな危ない親がいないか？」

小田切の言葉に、拓也は唾《つば》をごくりと呑《の》み込んだ。

「子供には、自分にない可能性がたくさんあるように思える。あたりまえだ。まだ少ししか生きていないんだから。それを伸ばしたり、応援したりするのは親にとって喜びだし、いいことだと思う。無関心はよくない。でも干渉しすぎるのは考えものだ。上手にバランスをとらないとね。自分の仕事がおろそかになるようじゃ、バランスがいいとはいえないぞ。君には君の大事な仕事がある。営業はサッカーで言えばフォワードだ。今の君は契約というゴールを決めなければ、それこそポジションを失う場合もあり得るわけだ。そのことは覚えておいたほうがいい」

小田切は新しいジョッキを握って、自分の顔の前に持ち上げた。

「どうかそこら辺を踏まえ、しっかり営業してくれたまえ」

＊

土曜日、拓也は家にいた。

「今日はサッカーないの？」と恵里に聞かれた。

「勇翔なら学校のグラウンドで練習じゃないか」

「父さん、見に行かないんだ？」

「練習だもん」

「前は練習だって、行ってたじゃん」

「そうだったかな」

「そうだよ」

「それはそうと、恵里は部活やらないの？」

「誘われてはいるんだよね」

ダイニングの椅子《いす》に座り、ケータイをいじりながら恵里がこたえた。

「だれに？」

「友だちに。ソフトボールをやってる子。スポーツテストのハンドボール投げ、その子より飛んじゃったから」

「すごいじゃないか」

拓也の声が大きくなった。

「でも、やったことないし」

「ソフトボールは初めてやる子だって多いだろ。それにおまえ、父さんとキャッチボールしたことあったよな。それなりにできたじゃないか」

「そうかな」

自信なげな声が返ってきた。

「ひさしぶりにやってみるか？」

拓也は暇をもてあましていたこともあり、誘ってみた。

「やってもいいけど、入るって決めたわけじゃないからね」

恵里の声が少しとがった。

「もちろん。決めるのはおまえだし、やるのもおまえだ」

「なにそれ」

今度は笑われた。

市民の森の公園で恵里と小一時間キャッチボールをした。恵里が大人用のグローブを使い、拓也は子供用のグローブでボールを受けた。

「グローブなんてあったんだね？」

「父さんはサッカーをやる前は野球だったから。勇翔ともキャッチボールはやったことがある」

「父さん、運動が好きだもんね」

恵里が右腕を振ってボールを投げた。

「ああ、スポーツは好きだよ。サッカーに限らずね」

拓也は恵里の投げたボールを小さなグローブでつかみ、わざとボールを地面に弾ませるようにして投げ返した。

「なんでスポーツするのかな？」

恵里がバウンドに合わせてボールをキャッチした。悪くない身のこなしだ。

「気晴らしだよ」

「でも、辛《つら》いときだってあるでしょ？」

「スポーツに限らず、笑ってるときだけが楽しいわけじゃないさ。夢中になれるものがあるのは、幸せなことだろ。それに壁を乗り越えれば、そのときはきっと笑える」

「そういうもの？」

「ほんとうはね」と拓也はこたえた。

「私も、なにかやっておけばよかったな」

「今からでも遅くない。おまえはウチの家族のなかで一番運動神経がいい」

「そうかな？」

「ずっとそう思ってた。今思えば、サッカーをやらせておけばよかった」

「なに、それ？　私だったら、絶対逃げ出してると思うよ。でも勇翔を見てると大変そうだけど、楽しそうだもんね。ねえ、父さん知ってる？　ソフトボールのグローブって、野球のグローブとはちがうらしいよ」

「ボールがひとまわり大きいもんな。必要なら買えばいいさ」

「だから、まだやるって決めてないって言ってるじゃん」

恵里はふくれっ面《つら》をして、しなやかに右腕を振った。

ボールは速く、グローブでキャッチしたとき、いい音を立てた。

*

「今度の新規のお客さん、息子さんがサッカーをやってるらしいんですよ。その話が長くて長くて……」

向かいのデスクの後藤が、わざとらしく顔をしかめた。

「もしかして、それっておれへの当てつけか？」

小田切に聞こえないように拓也が小声で言うと、「いえいえ、ちがいますよ」と後藤が慌《あわ》てた。

最近、後藤は営業成績を伸ばしている。部下になりたての頃は、こいつに営業が務まるか心配したが、新規の得意先なども開拓してくるまでになった。

「でもよかったじゃないか。決まりそうなんだろ？」

「まだ確定じゃないですけどね」

「契約取れるなら、子供の自慢話くらい聞いてやれよ」

「そうですよね。息子さん、五年生だそうです」

「へえ、ウチの勇翔と一緒だ」

「ですよね。草野さんの家からだとちょっと遠いから、知らないかな。パン屋さんなんですけどね」

「パン屋？」

「ええ、〝アオシバ・ベーカリー〟」

「青芝？」

「家族経営の小さな店ですけどね。背が高いご主人は、いかにもスポーツやってましたって感じです」

「その人なら知ってるかも」

「ほんとですか？」

後藤は目をまるくしてみせた。

後藤から聞いた話では、アオシバ・ベーカリーは地元で十五年続いているパン屋で、常連客も多く、評判は悪くないという。しかし今年になって近くに石窯《いしがま》を売りにしたチェーン店のパン屋ができ、危機感を募らせているらしい。そこで店主から広告の見積もりを頼まれたそうだ。

「息子さんのこと、なにか言ってた？」

「ええ、強いチームに移ったらしいんですが、今はケガをして休んでるって話でした。でも将来性があるから、まだまだこれからだって」

――やっぱりそうだ。

将吾の父にちがいない。拓也はその話が事実とはちがうとしても、将吾の一日でも早い復帰を願った。

「知り合いなら、今度の打合せ、草野さんも同席してくださいよ」

「いや、それはやめておくよ」

拓也は即答した。「同僚の草野がよろしく言ってたと、伝えるだけでいいから。息子さんのことは、あまりつっこまないほうがいいかもな」

拓也はそれとなく注意した。


後日、打合せから帰社した後藤が、「アオシバ・ベーカリー、決まりました！」と声に出して報告した。営業企画課には拓也と小田切がいた。

「うまくいってよかったな」

拓也は仕事の手を休めて祝福した。

「青芝さん、草野さんに会いたがってましたよ」

「だったらうれしいね」

「これ、草野さんに渡してくれって預かってきました」

後藤は手に提げた紙袋を持ち上げてみせた。

「え？」

「パンみたいですけど」

「決まったって？」

話を聞きつけた小田切が会話に加わった。

「ええ、新規で二段二分の一決定です」

「よし、よくやった」

「草野さんのおかげですよ。名前を出したら、とんとん拍子に話が進みました」

「草野の？」

「ええ、息子さんのサッカーつながりですよね？」

「まあね」

拓也は弱り顔でこたえた。

「そうか、そいつはナイスアシストだな」

小田切が腕を組んでこっちを見た。

「いや、課長、最近は息子のサッカー観戦のほうは自重してますよ」

拓也がこたえると、「なにも応援するなとは言ってないだろ」と小田切が笑い返した。

「いやぁー、でも決まってよかった。これからはバンバン契約取りますよ」

後藤が調子に乗った。

受け取った紙袋には、たしかにパンが入っていた。

どれもハード系のどっしりしたパンで、何事にもこだわりのありそうな青芝らしさを感じた。そして袋からはパンのほかに、ケースに入った銀色のディスクが一枚出てきた。どうやら録画用のＤＶＤのようだ。盤面にはなにも書いていなかった。メッセージらしき手紙も添えられていない。

「なにか言ってた？」

拓也が問うと、「いえ、べつに」と後藤は首をひねった。


その夜、拓也は後藤と居酒屋で飲み、午後十一時過ぎに帰宅した。

連絡を怠ったせいもあり、缶酎《かんちゅう》ハイを飲みながら待っていた聡子に、「遅いぞ」と叱《しか》られた。

「これ、頂き物」と袋を渡し、さっそくテレビをつけ、プレーヤーに銀色のディスクをセットした。

「どうしたの、このパン？」

「青芝さんが焼いたパンらしい」

「へえー、例のアオシバ・ベーカリーのパンなんだ。美味《おい》しそうだね」

「広告決まったから」

「そう、やったじゃない」

「まあ、担当はおれじゃなく、後藤なんだけどね」

拓也はソファーにもたれ、リモコンの再生ボタンを押した。

「こんな時間から、なに見ようっていうの？」

「青芝さんの袋に入ってたんだ」

再生がはじまると、いきなり画面の右から左に子供たちが走った。「キュッ、キュッ」という音は、床を鳴らすシューズの音だ。映像は暗く、時折手ぶれが激しくなった。子供たちが追いかけているのはサッカーボール。室内での試合の場面だとすぐにわかった。

「あれ？」

聡子が気づいた。「これって、バンビーノだよね。将吾じゃん。大介も銀河もいる。けど、なんだかみんな小さいね。何年生のときだろ？」

子供たちが走っているのは広い体育館。どうやらミニサッカーの試合のようだ。しかし、ピッチには勇翔の姿はなかった。

「もしかして、これって――」

拓也は画面を見つめながらネクタイをゆるめた。

缶酎ハイを片手に、聡子もソファーに腰かけた。

「あっ」と二人で声を漏らしたとき、カメラが勇翔をとらえた。一緒にいるのは四年生までお世話になった山本コーチ。今よりひとまわり小さな勇翔が、山本コーチにポンと背中を押され、ピッチに出てきた。

「勇翔、かわいいねー」

聡子の声色がゆるんだ。

試合が再開し、すぐにバンビーノボールでのコーナーキックになった。

見覚えのあるシーンに、拓也は自然と身を乗り出した。

銀河の左足からのコーナーキックに、将吾が足をのばした。つま先に当たったシュートは、惜しくもミニゴールのバーに当たってはね返る。

そのはね返ったボールが、ピッチに入ったばかりの勇翔の足もとに転がってきた。

勇翔が左足で踏み込み、ぎこちなく右足を振る――。

我が子が三年生のとき、拓也が目にしたものが、ちょうど同じアングルで映っていた。そこまでは記憶と同じだった。

観客の声が大きくなったそのとき、カメラが横にぶれ、「あっ」という音声が入った。その声の主は拓也自身にちがいなかった。カメラはゴールシーンをしっかりとらえ続けている。

「――え？」

思わず拓也は声を上げた。

勇翔のシュートはキーパーの膝《ひざ》に当たり、ふわりと浮かんだのだ。そのボールに食らいつくようにして勇翔が額を突きだした。額というより鼻の付け根でとらえたボールは、床で弾み、キーパーの開いた股《また》のあいだを今度は抜けてゴールに入った。

「すごい、勇翔。ヘディングシュートじゃん！」

聡子が万歳のかっこうをした。

「嘘だろ……」

拓也は息を呑んだ。

三年生の勇翔が決めたこのゴールの瞬間を、拓也は試合会場にいながら見ることができなかった。なぜならこのビデオを撮影していた青芝が、シュートの場面で自分の前を横切ったからだ。あのときは怒りさえ覚えた。

拓也は、勇翔がヘディングシュートを決めたとは思ってもいなかった。偶然こぼれてきたボールを蹴ったら、キーパーの股間《こかん》をたまたま抜けて入ったのだと思い込んでいた。

あの日、勇翔と一緒に風呂に入り、その問題のシーンについて「もしかしてキーパーの股のあいだを狙ったのか？」と問うと、「わかった？」と勇翔はこたえた。そのときは感心したものの、その後の勇翔のプレー振りから、あれはまぐれだと思い直した。でも実際は、あの右足シュートには続きがあったのだ。

勇翔は右足でシュートを決めたのではなく、キーパーが膝で弾《はじ》いたボールをヘディングして、ゴールを決めていたのだ。

——思いも寄らなかった。

勇翔は、勇気を持って翔《と》んだのだ。

あの頃から、よわむしなんかじゃなかった。

「——すげえよ」

拓也はつぶやいた。

鼻の奥がつんとして、胸に熱いものがこみ上げてきた。

「かっこいいね、勇翔」

聡子は洟《はな》をすすり、笑った。

もう一度、ゴールシーンを再生した。

まちがいなく、勇翔は自分の意思でヘディングしていた。

「ナイスシュート！」

拓也はチームメイトに祝福される息子に向かって語りかけた。「おまえは、おれたちのヒーローだ。ナイスプレー、勇翔！」

*

梅雨が明けた週末の土曜日、午前中から出社して、営業日報を読み直した。これまでに打合せを持ったが、成約に至らなかったケースを整理し、リストにまとめる作業を進めた。

夕方帰宅した拓也はすぐに風呂場に向かった。「入るぞ」と声をかけ、バスルームの曇ったドアを開けると、練習から帰った勇翔がバスタブに浸《つ》かっていた。

「今日はどうだった？」

いつものように拓也が尋ねた。

「まあまあかな」

勇翔はこたえたあと、「それより大ニュースがある」と身を乗り出した。

「大ニュース？　まさか、ジュンがやめるとか？」

あり得ないことではなかった。

「なに言ってんの」

勇翔は眉毛《まゆげ》を八の字にして「そうじゃなくて、入ったんだよ」とこたえた。

「入った？　なにが？」

「しゅうとだよ」

「シュート？　決めたのか？」

「ちがうって、てらやましゅうと」

「だれ、そいつ？」

「エスペランサのセレクションを受けたとき、友だちになった子いたでしょ。ほら、ぼくがアシストしてゴールを決めたじゃん」

「そうだったっけ？」

からだに湯を浴びた拓也は、バスタブの前で立ち止まった。

「その子がどうしたって？」

「だから、ウチのチームに入ったんだってば。今までいたチームをやめたんだって」

「なんで今さら？」

「知らないよ、そんなこと」

「で、そいつ、うまいの？」

「うまいよ。『これでバンビーノは強くなるぞ』って大介のパパ、喜んでたもん」

勇翔はバスタブから出て椅子に座り、髪を洗いはじめた。

拓也はため息をつき、バスタブの湯にからだを沈めた。湯が溢《あふ》れそうになり、慌てて両手でからだを支え、尻を浮かせた。

「そういえば、六年生の大会って八人制なんだって？」

拓也はお湯の流出をなんとか最小限に食い止めた。

「そうだよ。だから今日も八人制の練習をした」

「そうか……」

なんでまた、サッカーなのに八人でやるんだよ。拓也はフィールドプレーヤーが十人から七人に減ってしまうことに心を痛めた。スタメンが三人も削られてしまう。

「フォーメーションは？」

「基本は２－３－２だって。成瀬コーチが言ってた」

「そうか、だったらフォワードは今までどおり二人か」

拓也はほっとした。

「ところでその、しゅうと君だっけ、ポジションどこなの？」

拓也が問うと、勇翔は髪の毛を洗う手を止め、一瞬ためらってからこたえた。「ぼくと同じフォワード」

「まじで？」

拓也はバスタブのなかでバランスを崩し、お湯が勢いよく流れ出てしまった。

「――マジで」

勇翔は目をつぶったまま泡だらけの頭をごしごし洗った。

＊

八月最初の土曜日は、打合せを二件こなした。

今は営業成績を少しでも伸ばすべく、新規の顧客の開拓に力を入れている。部下の後藤に負けるわけにはいかない。営業のポジションを守るだけでなく、課内でエースとなれるよう地道な努力が必要だ。そうなれば課長への昇進だって夢じゃない。

日曜日はバンビーノのホームグラウンドで練習試合が予定されていた。勇翔はひとりで自転車で行くと言った。聡子は試合を観戦し、恵里は友だちと買い物へ行くらしい。拓也は朝早く起きて釣りに出かけた。正直、無理した部分もある。防波堤で釣り糸を垂らしながら、勇翔の試合が気になってしかたなかった。

バンビーノの五年生チームには新メンバーが加わった。聡子の話では、寺山秀斗《てらやましゅうと》の実力はジュン以上という評判らしい。今日の練習試合は、来春から始まる八人制の全日本少年サッカー大会に向けたもので、チーム内でのポジション争いはさらに激しくなるだろう。でも、その壁に立ち向かうのは、あたりまえだけれど拓也ではなく、勇翔本人だ。

——サッカーをするのは子供、大人ではない。

拓也はそう考えるようになった。

公式戦は応援に行こう。でもこれからは少し距離を置く時間も必要な気がした。

その日、暑いだけでたいした釣果《ちょうか》も上がらず家に帰ると、玄関にくたびれた勇翔のスパイクがあった。「ブルーサンダー」はそろそろ買い換え時かもしれない。

「一緒に風呂に入ろうぜ」

拓也が部屋にいる勇翔に声をかけた。

少し間をおいてから、「もう入った」とくぐもった声が返ってきた。

「なんだよ、待っててくれればよかったのに」

その言葉には反応がなかった。

しかたなくリビングにもどり、「今日はどうだった？」とキッチンに向かって尋ねた。

聡子は夕飯の準備をしながら、なにも言わずに笑って、首を横に弱く振った。その無理につくった笑顔が、今日の練習試合での勇翔を物語っている気がして、拓也は詳しく聞こうとはしなかった。

見に行かなくてよかったのかもしれない。

ふと、そう思った。

夕食の席では、釣り逃がした魚の話を大袈裟《おおげさ》にしてみせた。竿《さお》が弓なりにしなり大物が掛かったかと思ったが、じつは地球を釣っていたというオチは、聡子と恵里にはうけたが、勇翔は笑わなかった。

恵里は「今日グローブを買った」と報告した。練習に参加しはじめたというソフトボール部の話で盛り上がったが、勇翔は関心を示さなかった。口数が少なく、自分の練習試合について触れようとせず、日に焼けた顔で豚肉のショウガ焼きをおかずに黙々とご飯を食べていた。その顔は、「頼むからおれにかまうな」と言っているように、拓也には見えた。

食後、子供たちがリビングからいなくなると、「子供は子供で大変だよね」と聡子が言った。「運動でも競争、勉強でも競争だもん」

「勇翔のやつ、サッカー楽しめてるかな？」

なにげなく拓也が口にした。

「どうしたの、急に？」

「あいつ、やめたくなったこと、これまでなかったのかな？」

「そりゃあ、あったでしょ」

聡子は眉を寄せて笑った。

「そうなの？」

「話さなかったけど、練習から帰ってきて泣いてたこともあったよ」

「そうか、そうだよな」

「でも、サッカーが好きなんだろうね」

「だいじょうぶかな……」

拓也は声に不安を滲《にじ》ませた。

「だいじょうぶ、あの子は今までも乗り越えてきたから」

聡子の言葉には力がこもっていた。


家族が寝静まった頃、小田切の息子や将吾の話を思い出した拓也は、寝室の隣にある子供部屋にそろりと足を運んだ。恵里には別の部屋を与え、今は勇翔だけの個室になっている。

部屋の明かりをつけ、足音を忍ばせて机に近づく。机の上はあいかわらず散らかっている。しわくちゃになった学校からの便り、芯《しん》の折れた短い鉛筆と角のとれた消しゴム、カメの餌《えさ》の空き箱、期限切れのマックのクーポン券、日本代表のサッカーカード、得体の知れないブヨブヨとした緑色の塊……。

記憶を頼りに一番下の引き出しをそっと開けてみた。

表紙に黒いマジックのへたくそな文字が躍ったノートを見つけた。手に取って開き、慎重にページをめくると、意外にも余白は残りあとわずかだった。

あれからずっと書き続けていたようだ。

一番後ろの書き込みで手を止め、日付を確認する。

――8月4日（日曜日）

今日だった。

練習試合

今日は8人制で試合をやった。

第一試合、ぼくはスタメンをはずれた。ツートップはジュンと新しく入ってきた寺山しゅうと。

しゅうとは2ゴールを決めた。後半、ぼくはジュンと交代した。チャンスがあったのに、ゴールを決めきれなかった。試合は2対1で勝った。

第二試合、コーチがワントップを試すといった。ワントップに選ばれたのは、しゅうとだった。

しゅうとはヘディングシュートを決めた。後半、しゅうとにかわって、ジュンが出た。ジュンはシュートをはずし、「くそっ」とさけんだ。ぼくは最後までベンチにすわっていた。

くつじょくてきだった。

くやしかった。

家に帰って一人でおふろに入ってから、あの日のことを思い出した。父さんたちと行ったエスペランサのセレクションの日のことだ。

あのときと同じ気持ちになって、泣きたくなった。でも泣かなかった。

もっとうまくなりたい。

試合に出たい。

シュートを決めたい。

だからこのくやしさをわすれずに練習します。

ぼくのサッカーは、また、ここからはじまる。

この作品は二〇一八年五月新潮文庫に所収された『ここからはじまる―父と息子のサッカーノート』を改題したものです。

サッカーデイズ

はらだみずき

令和4年9月10日　初版発行

発行人———石原正康
編集人———高部真人
発行所———株式会社幻冬舎
〒151-0051東京都渋谷区千駄ヶ谷4-9-7
電話　03(5411)6222(営業)
　　　03(5411)6211(編集)
公式HP　https://www.gentosha.co.jp/
印刷・製本—中央精版印刷株式会社
装丁者———高橋雅之

幻冬舎文庫

ISBN978-4-344-43221-5　C0193　は-29-4